Kein Chaos ist auch keine Lösung
Katastrophen sind unser Familienrezept

Catherine Wilkins

Kein Chaos ist auch keine Lösung

Katastrophen sind unser Familienrezept

Aus dem Englischen
von Christine Spindler

arsEdition

Bibliografische Information der Deutschen Nationalbibliothek
Die Deutsche Nationalbibliothek verzeichnet diese Publikation in der Deutschen Nationalbibliografie; detaillierte bibliografische Daten sind im Internet über http://dnb.d-nb.de abrufbar.

Du möchtest noch mehr von uns kennenlernen?

Text: Catherine Wilkins
Übersetzung: Christine Spindler
Umschlaggestaltung: Laura Rosendorfer
Vignetten Innenteil: © Shutterstock Magicleaf/Farah Sadikhova/Gretta_me
Satz: Uhl + Massopust, Aalen

ISBN 978-3-8458- 7064-9

www.arsedition.de

FSC
www.fsc.org
MIX
Papier | Fördert gute Waldnutzung
FSC® C014496

1. Kapitel

»Hallo-ho! Es kann losgehen!«

»Hope, kannst du dein Handy bitte drehen?«

»Oh ja, sorry.«

Meine beste Freundin Leila und ich versuchen gerade, uns über FaceTime gleichzeitig zu stylen, aber ich habe das Handy quer hingestellt. Kann jedem passieren.

Wir gehen aus, und zwar heute *Abend!* (Na ja, am späten Nachmittag.) Leilas Mum Sara fährt uns zum Kino. Es ist also wirklich **cool** und wir wollen uns **richtig schick** machen.

»Dein Zimmer sieht viel **größer** aus!« Die kleine Leila auf dem Display flicht sich in die vorderen Haarsträhnen einen halben französischen Zopf. Ich setze mich an den Schreibtisch und versuche es auch.

»Na klar, weil das Feldbett meiner Tante nicht mehr im Weg steht.«

Tante Rita ist endlich ausgezogen. Jetzt klaut mir niemand mehr meine Klamotten, Haarbänder oder Ladegeräte. **UND** niemand vernebelt mein Zimmer mit Lavendelduft. **UND** niemand weckt mich morgens mit Gurgeln oder Mantras. Ich muss mir auch nicht mehr anhören, dass in der chemischen Reinigung der Lieblingsschal meiner Tante verschwunden ist (der mit dem Adler drauf) und dass das am rückläufigen Merkur liegen muss. Merkur hat irgendwas mit Kommunikation zu tun. Eine Information, die ich nicht wirklich brauche.

Tante Rita glaubt übrigens immer noch, dass sie

»**die Gabe**«

hat, und betreibt im lila gestrichenen Abstellraum unseres Cafés ihre Wahrsage-Wunderwelt »Ritas Orakel«. Das **Café Crumble** gehört meinen Eltern. (Crumble ist unser Nachname. Klingt seltsam, ich weiß.)

Tante Rita geht ihrer Wahrsagerei zwar immer noch bei uns nach, wohnt aber jetzt in ihrer *eigenen* Wohnung (die hatte sie untervermietet, als sie nach ihrer Scheidung auf einem **Selbstfindungstrip** war). Und was noch besser ist: Auch mein sechzehnjähriger Cousin Connor lebt jetzt wieder bei ihr.

»Ist Connor tatsächlich auch ausgezogen?«, fragt Leila. »Ich kann mir eure Wohnung gar nicht mehr ohne ihn vorstellen.«

Mein **geschäftstüchtiger** Cousin Connor (der davon träumt, als Unternehmer stinkreich zu werden) hat ganze sechs Monate lang bei uns gelebt und auf einem Feldbett im Arbeitszimmer geschlafen. (Ich glaube, er hat gehofft, dort im Schlaf unternehmerische Fähigkeiten in sich einzusaugen.)

»Er ist wirklich ausgezogen!«, rufe ich. »Aber das Arbeitszimmer riecht immer noch nach Junge und 48-Stunden-Deo. Und da er im Café arbeitet, sehe ich ihn trotzdem ständig.«

»Hast du das Baby schon gesehen?«, fragt Leila, während sie den Zopf hochsteckt und daran zupft, entweder um ihn lockerer oder symmetrischer zu machen. Dabei sieht er schon **perfekt** aus. Meiner ist schief und ungleichmäßig, aber ich stecke ihn trotzdem hoch.

»Nein. Connor weigert sich, sie kennenzulernen, und meine Mum besteht darauf, dass wir uns nicht einmischen – außer, wenn *sie* diejenige ist, die sich einmischt. Aber ich habe Fotos gesehen und die Kleine ist **supersüß**.«

Connor hat nach der Scheidung seiner Eltern bei seinem Vater gelebt, doch dann ist dessen neue Freundin schwanger geworden und Connor ist bei uns eingezogen, um seinen **Unmut** darüber kundzutun. Ja, okay, ich verstehe schon, dass es für ihn eine **ziemlich** heftige Umstellung war. Vielleicht hat er sich **ausgeschlossen** gefühlt, weil sein Dad eine **neue Familie** gegründet hat. Und da Connor lange Zeit Einzelkind war, hat ihn das wohl besonders eifersüchtig gemacht. Bis dahin hatte er immer an **erster Stelle** gestanden – also muss das für ihn ein gewaltiger

Schock

gewesen sein. Ich kann diese Situation nur schwer nachvollziehen, auch wenn ich mit ihm fühle. Echt jetzt. Aber, hey, sie ist wirklich so ein **niedliches Baby**! Wie kann man sie nicht mögen?

Leila trägt Lipgloss auf. »Wie heißt sie noch mal?«

»Iriye. Es ist ein jamaikanischer Name. Connors Dad, Onkel Alan, und seine Freundin Audrey haben den Namen zu Ehren ihrer gemeinsamen Wurzeln gewählt, außerdem hieß Audreys Großmutter so. Der Name bedeutet Frieden und Harmonie.«

»Wie schön.« Leila lächelt. »Es gibt viele iranische Namen, die Frieden und Harmonie bedeuten. Iriye klingt ganz ähnlich wie Irene. Das bedeutet auf Persisch friedlich – aber auch Palme. Und Arina, der Name meiner Cousine, hat die gleiche Bedeutung.«

»Es ist wirklich ein schöner Name«, pflichte ich ihr bei. »Aber im Moment wirkt er auch ein bisschen ironisch, weil Connor mit der ganzen Sache total unharmonisch umgeht, so verständlich seine Gefühle auch sein mögen. Auf den Fotos sieht sie jedenfalls ganz entzückend aus. Für mich fühlt sich das wie eine tolle Chance für einen **Neustart** an. Ein **neues Kapitel**.«

Ich bin zurzeit Feuer und Flamme für die Idee eines **Neustarts**. Das Café und meine Familie haben es in letzter Zeit nicht leicht gehabt. Wir wären sogar beinahe

pleite

gegangen. Zum Glück konnten wir das nahende Unheil abwenden, indem wir neue **Einnahmequellen** erschlossen haben (darunter ein paar ziemlich abgefahrene). Vier davon waren so erfolgreich, dass sie uns aus den roten Zahlen geholt haben: Poesie-Abende, Eiscreme, eigene Gebäckkreationen und das Einpersonenstück über Jane Austen, das meine Schwester Stacey geschrieben und aufgeführt hat (sie nimmt Schauspielunterricht).

»Du klingst sehr poetisch und optimistisch«, sagt Leila leicht amüsiert.

»Ich *fühle* mich auch total optimistisch«, stimme ich zu. Ist echt so.

Ich finde es **wunderbar**, mein Zimmer wieder für mich allein zu haben. Ich genieße es, den Platz nur für mich zu nutzen; ich **schwelge** darin, die nicht aromatisierte Luft zu atmen und unter einer Bettdecke ohne Henna-Flecken zu schlafen. Nichts kann mir die gute Laune verderben. Auf der Straße unten höre ich Autos hupen und ein lautes Piepen – doch nicht einmal **diese** Geräuschkulisse kann meine neu gewonnene

Lebensfreude

trüben.

»Das ist mein neues Lebensgefühl«, lasse ich Leila wissen. »Ich bin optimistisch. Ich bin endlich mal eine hoffnungsvolle Hope. Ich **weiß** genau, dass das *meine* Woche wird.«

Leila grinst. »Das freut mich für dich, Süße.«

»Ich werde mich ganz normal verhalten.

Keine verrückten Familienaktionen mehr.

Normal!«

»Aber bitte nicht zu normal«, meint Leila.

»Das wird *meine* Woche«, wiederhole ich. »Und ich lege fest, dass sie normal wird.«

»Was ist das eigentlich für ein Geräusch? Hörst du das auch?«, fragt Leila.

»Du meinst das Hupen von der Straße?«

»Ja. Was ist da los?«

»Hm.« Jetzt, wo Leila es erwähnt, fällt mir auf, dass die Autos wirklich mehr hupen als sonst. Sie hupen, und ich höre Menschen durcheinanderrufen.

»Ach, ist bestimmt nichts weiter«, behaupte ich. »Wusstest du, dass es den längsten Verkehrsstau der Geschichte 2010 in China gab? Er war über hundert Kilometer lang und dauerte zwölf Tage.«

»Unmöglich.«

»Doch. Kannst es ja googeln. Tausende von Menschen saßen darin fest.«

»Wie grässlich.«

»Genau«, sage ich gut gelaunt. »Verglichen damit ist das da unten also nichts.«

»Na ja, wenn ich es sogar durchs Handy hören kann, muss es ziemlich laut zugehen.«

Ich trete ans Fenster und schaue hinaus. »Da werden Kisten von einem riesigen Lastwagen abgeladen«, erkläre ich Leila. »Der ist viel größer als die Lieferwagen, die die Waren für unser Café bringen. In unserer engen Straße blockiert er den Verkehr in beide Richtungen – nichts geht mehr. Das ist – oh.«

»Was ist?«

»Es sieht so aus, als wäre das doch eine Lieferung für unser Café. Aber das ist unmöglich. Warte mal.«

Ich flitze die schmale Treppe hinunter, die unsere Wohnung vom Café trennt (mehr oder weniger). Dabei stolpere ich beinahe über den Staubsauger (der jetzt unten an der Treppe steht, weil der Abstellraum

Ritas Orakel

beherbergt). Ich tippe den Code ins Elektronikschloss und betrete das hell erleuchtete **Café Crumble**, in dem es köstlich nach Gebäck duftet.

So **chaotisch** wie jetzt sah es darin noch nie aus – und das will was heißen. Wir hatten mal eine lange Schlange von Gästen, die Eis wollten, das damals noch gar nicht auf unserer Karte stand. Und dann war da noch die Sache mit dem Schaum, den die Geschirrspülmaschine wie wild überallhin gepumpt hat. Oder letztes Halloween, als meine Schwester Stacey meinte, mit Trockeneis könnten wir eine tolle **Atmosphäre** zaubern. Mit dem Resultat, dass man fast nichts mehr sehen konnte und eine alte Dame *versehentlich* den Scone ihres Mannes aufaß. Weil sie es auf den Nebel schob, mussten wir ihm einen Gratisscone spendieren.

Jedenfalls höre ich das Hupen und die Rufe von der Straße hier noch viel lauter. Ein Mann schleppt schwere Kisten herein. Da nirgendwo genug Platz dafür ist, stapelt er sie überall zwischen den besetzten Tischen, während die Gäste verdattert zusehen.

»**Neiiiiiiin!**«, kreischt Mum, als ein anderer Mann ihr ein Blatt reicht. »Nein, nein, nein, nein, nein! **Wie konnte mir das passieren?** Oh, neiiiiin.« Mum schlägt sich die Hände vors Gesicht.

Ich quetsche mich zwischen den kreuz und quer gestapelten Kisten hindurch und gehe zu ihr. »Was ist los, Mum?«

»Ich habe zu viele Bohnen bestellt«, jammert Mum. »Das ist mir noch **nie** passiert. Ich mache niemals **Fehler**. Ich kann nicht fassen, dass ich mich so vertan habe.«

In dem Moment betritt Onkel Alan mit der kleinen Iriye in einer Brusttrage das Café. Offensichtlich hat er es satt, darauf zu warten, dass Connor zur Vernunft kommt, und will ihn während seiner Schicht im Café **überraschen**.

Connor wirft einen einzigen Blick auf die beiden und ergreift sofort die **Flucht**, vorbei an Alan und Iriye, hinaus in den hupenden, lärmenden Verkehr. Das Panini mit Mozzarella, das er eigentlich servieren sollte, hat er noch in der Hand.

Nach einer

Schrecksekunde

erhebt sich ein Gast im Klempneroverall und fragt: »War das mein Panini?«

Die Lage wird immer **chaotischer** und übertrifft jetzt wirklich alles, was ich bisher in unserem Café erlebt habe.

Aus dem Handy höre ich Leila. »Hope? Hope?«

Ich halte es hoch. »Siehst du das?« Ich schwenke es herum, damit Leila alles mitbekommt: die Kistenstapel, den unglücklichen Klempner, Onkel Alan mit dem winzigen, schlafenden Baby in der Trage – und meine Mum, die immer noch völlig entsetzt auf ein Blatt starrt.

Ich sehe aufs Handy.

»Das ist vielleicht nicht unbedingt die geeignete Woche, um normal zu sein, würde ich sagen«, stellt Leila fest.

»Es hat nicht einmal *einen Tag* lang geklappt«, räume ich ein.

Mein **frisch erwachter Optimismus** entweicht wie Luft aus einem durchlöcherten Gummireifen.

Oh nein, denke ich – bin ich vielleicht schon halb zusammengesackt?

Nein, das ist nicht fair. Das darf nicht sein. Ich lasse mir das nicht bieten. Das ist nicht mein Problem. Ich halte mich an meine Pläne mit Leila.

»Also, bis später, Mum«, sage ich betont vergnügt und gehe zur Tür. »Ich muss jetzt los ins Kino.«

»Warte. Wohin?«, fragt Mum.

»Ich bin *normal!*«, rufe ich über die Schulter und verlasse im Eilschritt das Café.

2. Kapitel

»Ich bin nicht normal«, verkünde ich panisch, als Leila und ihre Mutter Sara mich an ihrer Haustür empfangen.

Sara wirft mir einen verdatterten Blick zu und sagt, dass sie mir Tee mit »zwei Stück Zucker« machen wird, »zur Beruhigung«.

»Ich habe so etwas noch nie gemacht«, versuche ich, meinen Zustand zu erklären, während sie mich ins Haus begleiten.

»Was hast du noch nie gemacht?« Leila bedeutet mir, mich an den Küchentisch zu setzen.

»Ich habe meine Familie noch nie in einer Krise im Stich gelassen. Ich habe keine Hilfe angeboten. Was ist nur aus mir geworden?«

»Eine hoffnungsvolle Hope?«, greift Leila meine Bemerkung auf.

»Ich glaube, ich bin zu weit gegangen«, sage ich. »Ich sollte eigentlich zurückgehen und helfen, denn ich bin nun mal nicht *wirklich* normal.

Fake it till you make it

– einen Versuch war es wert.«

Leila überlegt eine Weile. »Deine Mum hat doch gesagt, dass sie nicht mehr so viel Verantwortung auf dich übertragen will. Und dass du es genießen sollst, elf Jahre alt zu sein. Ihr habt sogar das Familienmotto geändert.«

Das stimmt. Unser bisheriges Familienmotto lautete: **Die Familie steht an erster Stelle**. Aber das stellte sich als **problematisch** heraus. Meine neunzehnjährige Schwester Stacey sagte, es führe zu Co-Abhängigkeit und psychischen Störungen und dass vor allem auf mir viel zu viel Druck lasten würde.

Zum Beispiel musste ich mich als Eiswaffel verkleiden und an der Schule Flyer verteilen – und das zu einer Zeit, als ich dort gemobbt wurde. Aber keine Sorge, das ist kein Thema mehr.

Ja, es stimmt, es hieß, ich solle meine Kindheit genießen. Andererseits wusste meine Mutter da noch nicht, dass sie versehentlich Unmengen Bohnen bestellen würde.

»So, bitte.« Sara stellt vor jede von uns eine Teetasse und setzt sich auch an den Küchentisch.

»Danke. Ich bin mir nicht sicher, ob ich jetzt ins Kino gehen sollte«, gestehe ich. »Vielleicht sollte ich nach Hause zurück und doch noch helfen.«

»Hat deine Mum dir geschrieben oder angerufen?«, fragt Leila.

Ich sehe auf mein Handy. »Nein.«

»Dann brauchen sie dich nicht«, meint Leila.

»Aber vielleicht sind sie zu beschäftigt und *können* mich gar nicht anrufen«, wende ich ein.

»Hör mal«, sagt Leila. »Es gibt ein altes Sprichwort: In dir leben zwei Wölfe, die um die Vorherrschaft kämpfen. Einer ist gut und der andere ist böse.«

»Ahaaaa«, mache ich. »Ich weiß nicht, was das mit mir zu tun hat. Aber gut, welcher der beiden gewinnt?«

»Der, den du **fütterst**«, erwidert Leila.

Sara ergänzt: »Wobei es manchmal auch heißt, man solle beide füttern, damit der böse Wolf sich nicht in einem unachtsamen Moment über einen hermacht. Die Persönlichkeit aller Menschen hat schließlich eine helle und eine dunkle Seite.«

»Tut mir leid.« Ich verstehe nicht, worauf sie hinauswollen. »Was hat das mit …?«

»In deinem Fall geht es nicht um einen guten oder bösen Wolf«, erklärt Leila. »Der eine Wolf strotzt vor **Optimismus** und Tatendrang, der andere Wolf hat zu viele **Schuldgefühle** und **Ängste**, um sich aus dem gewohnten Verhaltensmuster zu lösen. Er will einfach weitermachen wie bisher und sich ständig von der Familie aufreiben lassen.«

»Und das ist ein altes Sprichwort?«, hake ich nach.

»Ja«, bestätigt Leila. »Und ein Meme. Es geht einfach darum, dass du die Wahl hast, deine eigenen Ziele zu verfolgen oder in deine alte Rolle in der Familie zurückzufallen. Darum finde ich, dass du wie geplant ins Kino mitkommen solltest.«

Ich gehe also wirklich ins Kino mit, habe dabei aber ein schlechtes Gewissen. Immerhin **versuche** ich, den richtigen Wolf zu füttern, nämlich den voller **Tatendrang**. Aber füttern meine

starken Schuldgefühle

nicht zugleich den anderen Wolf?

Und wo wir gerade bei unerfreulichen **Gefühlen** sind: Wem begegnen wir vor dem Kino? Ausgerechnet Skyla, Natasha und Aiysha.

Skyla hat mich in der Grundschule **gemobbt**. Blöderweise geht sie jetzt auch an die Beanfore High School. An der St. Joan's Grundschule hat sie mich ständig damit aufgezogen, wie **merkwürdig** und **uncool** ich sei. Das war nicht allzu schlimm und hat mich nicht besonders gekümmert, auch wenn es zuweilen genervt hat. Aber an der High School hat sie noch eins draufgesetzt.

»Hi, Leila. Hi, Hope.« Aiysha winkt. (Natasha und Aiysha waren zwar auch fies zu mir, aber ich komme mit ihnen klar.) Einige der ehemaligen Schüler der St. Joan's sind noch immer Team Skyla.

Leila spricht zurzeit nicht mit Skyla. Sie findet sie **abscheulich** (klar, weil sie mich **gemobbt** hat). Aber vielleicht fühlt Leila sich auch schlecht, weil sie nicht viel früher erkannt hat, wie Skyla drauf ist.

»Hi, Natascha. Hi, Aiysha«, sagt Leila und lässt Skyla betont außen vor. Ich winke kurz.

»Leila, Skyla hat sich bei Hope doch entschuldigt«, sagt Natasha sanft. »Was bringt es dir, sie immer noch zu schneiden?«

Es stimmt, dass Skyla sich entschuldigt hat, aber erst, **nachdem** sie lauter Lügen über mich erzählt und alle gegen mich aufgebracht hatte. Sie hat sich nur deswegen entschuldigt, weil Leila und ich uns einen genialen Plan ausgedacht hatten. Die ganze siebte Klasse hat daraufhin gemerkt, dass Skyla alle verarscht hat, und plötzlich stand sie selbst am Pranger. **Bildlich gesprochen.**

Wir haben also quasi alles klargestellt und außerdem als riesige Eiswaffeln eine richtig gute Figur gemacht (das war vielleicht ein Anblick!).

»*Interessant*«, sagt Leila. »Ich frage mich nämlich, was es mir bringen würde, wieder mit ihr zu reden.«

Skyla verdreht die Augen. Aber Aiysha sagt: »Mensch, Leila. Es ist doch schade, wenn wir uns nicht vertragen. Die Kinder aus der St. Joan's sollten zusammenhalten. Das Leben ist schwer genug.«

Ich, Leila, Skyla, Natasha, Aiysha, Freddie Patterson und ein paar andere Kinder sind auf die St.-Joan's-Grundschule gegangen. Einige der Kinder von der St. Joan's hatten **Schwierigkeiten**, sich auf der High School einzuleben. Die Beanfore trägt den Spitznamen **Bin-fire**, was so viel bedeutet wie »Mülltonnenbrand« oder im übertragenen Sinne: die absolute Katastrophe. Und wir Kinder von der St. Joan's waren an eine angenehmere Umgebung gewöhnt. Wie soll ich das erklären …

An der St. Joan's galt es schon als Mobbing, als George Hargreaves Freddie Patterson einen »**gestörten Dummkopf**« genannt hat. An der Beanfore hingegen passieren Dinge wie die **Ohrfeigen-Challenge**, bei der die Kinder aus der neunten Klasse sich gegenseitig so viele Ohrfeigen wie möglich verpasst haben. Die gute Nachricht ist, dass das inzwischen weitgehend unterbunden wurde.

»Ist schon in Ordnung«, sagt Skyla. »Keine Sorge, wir brauchen die eh nicht. Mein

cooler Plan

wird *ohne* die beiden sowieso viel mehr **Spaß** machen.«

»Erwartest du jetzt, dass wir uns nach deinem **coolen Plan** erkundigen?«, will ich wissen.

»Keine Ahnung, ich weiß ja nicht, wie **uncoole** Leute ticken«, zickt Skyla.

»Kommt das daher, dass *du* nicht ganz richtig tickst?«, fragt Leila.

»Jetzt lasst das doch«, bittet Natasha.

»He, das passt schon«, meint Skyla. »Wenn Leila mit einer **modischen Katastrophe** abhängen will, die **erfolglos** versucht, ihre Frisur zu kopieren, dann ist es **ihre** Sache. Wir gehen jetzt den Film anschauen und überlassen diese **hoffnungslosen Fälle** ihrem eigenen Schicksal.«

»Fall bloß nicht aus der Rolle«, höhnt Leila.

Natasha und Aiysha sehen sich peinlich berührt an und wissen nicht, wie sie sich verhalten sollen.

»Tschö mit Ö«, sagt Skyla, dann dreht sie sich um und stolziert hocherhobenen Hauptes ins Kino.

»Tschüss, Hope. Tschüss, Leila«, murmeln die beiden, dann folgen sie Skyla.

»Ich würde ja zu gerne wissen, was das für ein **cooler Plan** sein soll«, wende ich mich an Leila, als die anderen außer Hörweite sind.

»Das wird sie bestimmt bald allen unter die Nase reiben«, sagt Leila weise.

»Und ob.« Ich versuche ein ungezwungenes Lächeln. Hoffentlich wird sie mir mit ihrem Plan nicht **das Leben schwer machen**.

3. Kapitel

Irgendwie hat meine Familie es geschafft, die Schicht durchzustehen. Ganz ohne mich. Also habe ich wohl den richtigen Wolf gefüttert.

Stacey brachte mich auf den neuesten Stand. Der Klempner bekam einen **Gratiscappuccino**, während er auf ein neues Panini mit Mozzarella wartete. Niemand wurde verletzt oder gar erschlagen von einer der riesigen Kisten, die in einem Café nichts verloren haben, weil sie eine

Unfallgefahr

darstellen und obendrein die Fluchtwege versperren.

Mum hat sich rasch erholt und die Lage in den Griff bekommen. Sie hat angefangen, einige der Bohnen auszupacken, um wieder Platz zu schaffen. Und wer ist gerade zur rechten Zeit erschienen, um sich nach dem Kinobesuch an dieser **unterhaltsamen** Aktion zu beteiligen?

Ja, genau, ich, Hope Crumble (war nicht schwer zu erraten), die unterschätzte elfjährige **Zauberkünstlerin**, die *vielleicht* normal ist. Ich drücke mich übrigens gerne gewählt aus und benutze zuweilen **Wörter**, die ich nicht mal buchstabieren kann. Und ich kenne eine Menge

witziger Fakten,

die keine Sau interessieren. Ich habe also noch kein ausgeprägtes Persönlichkeitsprofil, aber ich gehe ja auch erst in die siebte Klasse.

Ach, klingt doch eigentlich ganz passend.

Willkommen im zweiten Erlebnisbericht von Hope Crumble (der unterschätzten elfjährigen Zauberkünstlerin).

Ich habe außerdem verpasst, wie Mum das **Drama** um Onkel Alans Überraschungsbesuch geregelt hat. Sie hat ihm gesagt, dass sie **nicht** diese Art von Familienwiedervereinigung im Sinn hatte, als sie sich **heimlich eingemischt** hat. (So nennen Stacey und ich es, denn genau das tut Mum, auch wenn sie selbst behauptet, sie würde nur »**diskret vermitteln**«.) Stacey und ich sind der Meinung, dass sie damit **aufhören** sollte. Stacey hat Mum gesagt, sie solle andere ihr Leben selbst regeln lassen.

Mum meinte wohl zu Onkel Alan: »Ich fände es wunderbar, wenn ihr euch miteinander versöhnen könntet, aber wir sind nicht in einer Seifenoper.«

Da Mum noch nicht dazu gekommen war, ein Geschenk für das Baby zu besorgen, reichte sie Alan einfach einige der Dosen, die sie gerade ausgepackt hatte. Er wirkte laut Stacey etwas **niedergeschlagen**, als er mit den **Bohnen** in den Händen das Café verließ.

Es dauerte noch eine Weile, bis der Stau vor dem Café sich auflöste, aber Stacey hat berichtet, dass unser Lieblingsbriefträger rasch seinen Käsetoast aufgegessen hat, um einigen der Autofahrer beim Rückwärtsrangieren zu helfen. So entstand Platz für die entgegenkommenden Autos, bis der Verkehr schließlich wieder in beide Richtungen floss.

So weit so gut. Das Café hat jetzt geschlossen und wir müssen irgendwie der vielen Kisten Herr werden.

»Ich erkläre die Familienversammlung für eröffnet«,

sagt Mum. »Es handelt sich um ein Gipfeltreffen wegen des Bohnennotfalls!«

Sie und Dad stehen mit ernster Miene vor der Tafel, auf die wir immer die Tageskarte schreiben. Darauf steht jetzt ein einziges Wort. »BOHNEN!!!!!« Connor hat es draufgeschrieben, bevor Mum ihn bremsen konnte.

(Er war eine Stunde nach seiner Flucht zurückgekehrt, da er einigermaßen sicher sein konnte, seinen Vater nicht mehr anzutreffen. Dann hat er das Panini mit Mozzarella selbst gegessen, da der Klempner längst fort war. Und sowas hält sich für einen erstklassigen Geschäftsmann.)

»Wieso soll das ein Gipfeltreffen sein? Ist dir nichts Besseres eingefallen?«, fragt Connor.

In einem Halbkreis sitzen Oma Margery, Stacey, Tante Rita, Connor und ich auf den einzigen Stühlen, die noch nicht umgedreht auf den Tischen liegen.

Stacey wirft schnippisch ein: »Findest du ›BOHNEN‹ mit zu vielen Ausrufezeichen treffender?«

Es ist noch gar nicht so lange her, dass Stacey nur widerstrebend bei uns gekellnert hat, weil sie ja eigentlich Schauspielerin werden möchte. Aber jetzt betrachtet sie sich als »**Vorsitzende der Theaterabteilung**«, weil wir unter anderem mit den Theaterabenden das Café gerettet haben. Die Frage, wozu ein Café Theatervorstellungen braucht, ist absolut berechtigt. Die Antwort lautet: »Um aus den roten Zahlen zu kommen, egal wie.« Das ist uns tatsächlich gelungen. Wir alle waren daran beteiligt, auch Stacey, und darum ist sie nicht mehr so desinteressiert und bringt sich ein – und sei es mit **spitzen Bemerkungen**.

»Wenn man es *genau* nimmt«, hebe ich an, »ist ein Gipfeltreffen auch nichts anderes als eine Versammlung.«

»Sei doch nicht so eine **Klugscheißerin**«, meint Stacey genervt.

»He, ich habe es nun mal mit **Wörtern und Fakten**«, verteidige ich mich. »Ich kenne nahezu **sämtliche** Wörter.«

»Wenn man es *genau* nimmt«, sagt jetzt auch Connor, »dann ist das unmöglich. Es gibt viel zu viele Wörter, als dass du sie alle kennen könntest.«

»Das macht **Spaß**«, werfe ich ein. »Werden wir jetzt alle zu **Klugscheißern**? Kennt ihr den passenden Spruch?«, frage ich in die Runde. »*Ich bin kein* ***Klugscheißer****, ich weiß* wirklich *alles besser.*«

»Wenn man es *genau* nimmt, ist das die klassische Haltung des Mansplaining«, erklärt Connor.

»Welche Ironie, dass ausgerechnet du das sagst«, meine ich grinsend.

»Hört mal, wäre es nicht besser, wenn wir über das eigentliche Problem reden würden statt über den Titel dieser Versammlung?«, schlägt Dad vor.

»Ja«, pflichtet Mum ihm bei. »Ich glaube, das Wichtigste ist –«

»Wie **unmöglich** sich dieser Mann benommen hat«, meldet sich Tante Rita zu Wort.

»Welcher Mann?«, will Mum wissen.

»Ich glaube, sie meint Onkel Alan«, sagt Stacey.

»Oh, ich kann seinen Namen nicht ertragen«, jammert Rita.

»Aber du hast ihn doch selbst erwähnt«, erinnere ich sie.

»Wir sind nicht hier, um über *Connors Vater* zu sprechen.« Mum betont das besonders, denn sie hat Rita schon einige Male darum **gebeten**, in Connors Gegenwart nicht mehr schlecht über Alan zu reden. Doch Rita kommt mit Mums Konzept eines »**respektvollen Umgangs bei gemeinsamem Sorgerecht**« einfach nicht klar. (Mums Ansicht nach trägt Ritas Einstellung dazu bei, dass Connor seine neugeborene Halbschwester nicht akzeptieren kann.)

»Aber er hat sich wirklich unmöglich verhalten«, beharrt Rita.

»Es war nicht Onkel Alan, der zu viele Bohnen bestellt hat«, meldet sich Stacey wieder zu Wort.

»Ich würde es ihm zutrauen«, murmelt Tante Rita.

»Also schön, reden wir nicht länger um den heißen Brei herum«, sagt Mum. »Ich, Brenda Crumble, habe einen **Fehler** gemacht.«

Wir schweigen,

weil wir nicht fassen können, dass Mum tatsächlich einen Fehler zugibt.

»Ja, lacht euch kaputt«, ereifert sich Mum, obwohl keiner gelacht hat. »Es passiert mir nicht oft. Das letzte Mal vor acht Jahren.«

»Und was war das für ein Fehler?« Stacey wirkt fasziniert.

»Lila Lippenstift«, scherze ich. »Ich mache Witze, Mum. Du siehst immer **großartig** aus.«

»Ich habe damals zwei Wischmopps anstelle von einem bestellt.«

»Oh.« Stacey klingt enttäuscht. »Das war ja nicht annähernd so **dramatisch**.«

»Nein«, stimmt Mum zu.

»Diesmal hast du …«, Dad wirft einen Blick auf ein Blatt Papier,

»tausend Dosen Baked Beans bestellt

anstelle von hundert.«

»Ja, schon gut.« Mum klingt, als fühle sie sich allmählich etwas unbehaglich. Mir wird klar, dass sie es nicht gewöhnt ist, etwas zu verbocken. Das muss ihr sehr unangenehm sein.

Mum versucht, sich zu rechtfertigen. »Na ja, ich war an

diesem Abend unheimlich müde, weil ich mich so **tadellos** um alles andere gekümmert hatte. Und überhaupt hätte das jedem passieren können.«

»J-jaa«, meint Dad zögernd, dann stimmt er aus vollem Herzen zu: »Doch, es hätte wirklich **jedem** passieren können,

die zehnfache Menge an Bohnen

zu bestellen.«

»Eben. Und überhaupt spielt es doch keine Rolle, wessen Schuld es ist«, behauptet Mum. »Ich habe einfach eine Null zu viel eingetragen. Das hätte wirklich jedem passieren können.«

Wir haben alle viel zu viel Respekt vor Mum, um ihr zu widersprechen, und auch ein bisschen Angst.

Oma Margery hüstelt leise, sagt dann aber: »Tut mir leid, Liebes.«

»So, dann sammeln wir mal Ideen, wie wir das Problem **lösen** können«, schlägt Dad vor.

»Wartet«, meldet sich Connor zu Wort. »Ich habe einen neuen

Problemlösungs-Algorithmus,

mit dem Versammlungen effektiver ablaufen. Den würde ich gerne ausprobieren. Schritt eins: Benenne das Problem.«

»Wir haben zu viele Bohnen, du Genie«, sagt Stacey. »Was soll das bringen?«

»Schritt zwei: **Lösungsvorschläge** sammeln, egal wie abgehoben sie klingen«, fährt Connor fort.

»Also genau das, was Dad vor zwei Sekunden gesagt hat?«, stichelt Stacey.

»Könnten wir sie nicht einfach zurückgeben?«, fragt Tante Rita.

»Dummerweise nicht«, erwidert Mum. »Es war ein **unglaublicher Sonderpreis** – weswegen ich sofort drauf angesprungen bin. Aber zu den Konditionen gehörte, dass man

kein Rückgaberecht hat.«

»Aha«, sagt Connor. »Ja, dann gehen wir also weiter zu Schritt zwei und definieren das Problem – nein, wartet, wir suchen nach Lösungen – nein, äh …«

Stacey verdreht die Augen.

»Lagerung«, fällt Dad ihm ins Wort. »Wir müssen uns überlegen, wo wir die Bohnen lagern wollen.«

»Ja, im Café können sie nicht bleiben«, bestätigt Mum. »Ich brauche wohl nicht zu erwähnen, dass das gegen die **Auflagen der Gesundheits- und Arbeitsschutzbehörde** verstoßen würde.«

»Unsere Lagerkapazität ist vollständig ausgeschöpft«, erklärt Dad. »Wenn wir nur eine einzige Kiste in die Küche stellen, kann man dort nicht mehr arbeiten.«

»Und unser ursprünglicher Abstellraum ist jetzt eine Wahrsagebude«, überlegt Mum.

»Die Geister würden auf keinen Fall Bohnen darin dulden«, meint Rita.

»Wie wäre es mit Hopes Zimmer?«, schlägt Stacey vor. »Jetzt, wo das Feldbett nicht mehr drinsteht, ist viel mehr Platz.«

Waaaaaaas? Neiiiiiin. Ich bin doch gerade erst Tante Rita losgeworden.

»He, du Verräterin«, fahre ich Stacey an. »Wieso ausgerechnet mein Zimmer? Was ist mit deinem? Es ist riesig. Du hast das gesamte Dachgeschoss für dich.« Staceys Zimmer ist ein nicht ganz legaler Ausbau des Dachgiebels. Na ja, man kann nicht überall aufrecht stehen, aber die Grundfläche ist echt groß.

»Nur zu.« Stacey kichert unbeeindruckt. »Viel Glück dabei, die Kisten die enge Stiege hochzubefördern.«

»Hm, die Kisten sind wirklich sehr schwer«, pflichtet Dad ihr bei.

»Für mich ist das ein Kinderspiel«, sagt Connor. »Durch mein Fußballtraining bin ich topfit und stark.«

»Großartig, dass du dich freiwillig bereit erklärst, die Kisten zu schleppen«, bedankt sich Mum.

»Klar«, sagt Connor. »Schritt drei: Problem vollstrecken. Ich meine, die Lösung.«

»Wir können das Problem hinrichten, wenn du meinst.« Stacey lacht schnaubend. »Aber wir haben es noch gar nicht richtig analysiert. Mit so vielen Bohnen hätten wir eine gute Möglichkeit, unser **veganes Angebot** zu erweitern. Bohnen sind zudem sowohl koscher als auch halal. Wusstet ihr, dass im Gefängnis oft Pellkartoffeln mit Bohnen serviert werden, weil die jeder essen kann?«

»Wie interessant«, meint Mum.

»Echt jetzt?« Ich bin verwirrt. »Wir wollen **Gefängnisessen** anbieten? Was ist denn das für ein Verkaufsargument?«

»Wir müssen jede nur denkbare Möglichkeit erwägen, um uns aus dieser schwierigen Lage zu befreien«, erklärt Mum. »Wobei das wirklich jedem hätte passieren können, wie wir wissen.«

»Ja, von mir aus, aber nicht mit dem Slogan: *Essen wie im Gefängnis.*« Ich grinse.

»Wir finden bestimmt einen besseren Slogan.« Connor hat offensichtlich nicht verstanden, dass ich es ironisch gemeint habe.

»So gut, dass es schon illegal ist«, schlage ich vor. Connor schüttelt den Kopf. »Authentische Gefängnisküche«, fahre ich fort. »So lecker wie Hafturlaub.«

»Hope, lass den Blödsinn«, bittet Dad.

»Was soll's, früher oder später sind die Bohnen aufgebraucht«, meint Tante Rita, die von dem **Thema** augenscheinlich bereits gelangweilt ist.

»Ja, also das wäre noch so ein Punkt«, sagt Mum. »Sie sind nicht mehr allzu lange haltbar, daher der **supergünstige Preis**, bei dem ich natürlich sofort zuschlagen musste, bevor ich den für mich **untypischen, winzigen**

Fehler gemacht habe, der wirklich jedem hätte passieren können.«

»Wie lange sind sie noch haltbar?«, will Stacey wissen.

»Zwei Monate«, sagt Mum. »Bei hundert Dosen wäre das natürlich kein Problem gewesen.«

»Aber jetzt müssen wir in nur zwei Monaten tausend Dosen Bohnen unter die Leute bringen«, sagt Dad.

»Kann doch nicht allzu schwer sein«, meint Stacey verhalten.

»Ja, klingt machbar«, stimmt Connor zu. »Das sind nur fünfhundert Dosen im Monat.«

»Wie viele Dosen Bohnen verbrauchen wir normalerweise im Monat?«, erkundige ich mich.

»Fünfzig«, antwortet Dad.

»Ah, verstehe«, sagt Connor. »Wir müssen also nur zehnmal so viele verbrauchen.«

»Und wenn wir es nicht schaffen?«, fragt Stacey.

»Ach, mit dem Verfallsdatum muss man es nicht so genau nehmen«, meint Rita leichthin. »Ich würde mir deswegen keine grauen Haare wachsen lassen.«

Mum atmet hörbar aus, sagt dann aber erstaunlich beherrscht: »Doch, damit muss man es sogar sehr genau nehmen. Sonst verstoßen wir gegen die gesetzliche Regelung für Lebensmittelsicherheit. Und das sollten wir tunlichst vermeiden, wenn ich nicht im Knast enden soll, vielen Dank auch.«

»Immerhin wärst du dann schon daran gewöhnt, Bohnen zu essen«, werfe ich ein.

Stacey kichert, doch dann senkt sie beschämt den Kopf.

»Hört mal«, sagt Mum. »Wenn wir nicht mindestens die Hälfte der Bohnen verbrauchen, kostet uns das trotz des Sonderangebots **mehr** als sonst.«

»Wir müssen es hinbekommen«, sagt Dad.

»Wir müssen uns unbedingt weitere Bohnengerichte für die Speisekarte einfallen lassen«, erklärt Mum. »Ich möchte, dass sich jeder von euch bis zur nächsten Versammlung mindestens drei Gerichte überlegt.«

Ah, da haben wir es! Jetzt kommt der Teil, wo meine

verrückte Familie

mich in **ihr** Chaos hineinzieht und ich mal wieder die Kuh vom Eis holen muss.

»Außer dir, Hope«, fügt Mum hinzu.

Was? »Wieso außer mir?«, frage ich.

»Mir ist klar, dass ich bisher viel zu viel auf dich abgewälzt habe«, antwortet Mum. »Doch ich habe aus meinen **Fehlern** gelernt. Du bist elf. Du sollst dir keine Sorgen machen. Sei einfach elf.«

»Ja, genieße den Rest deiner Kindheit«, sagt Stacey.

Ha, das ist ja … **interessant**. Ich bin also **frei**, schätze ich. Dadurch gewinne ich wirklich zusätzliche Zeit und Gehirnkapazität für … was auch immer. Na, so was.

»Aber von euch allen«, wendet sich Mum an die anderen im Raum, »brauche ich gute Ideen. Wir müssen jetzt **zusammenhalten**, unabhängig davon, wer uns die Sache eingebrockt hat – und wie gesagt, hätte das wirklich jedem passieren können. Was sage ich immer?«

»Warum lassen sich die Müllbeutel ums Verrecken nicht öffnen?«, schlage ich vor. (Stacey und Connor kichern verhalten.)

»Nein.« Mum klingt müde.

»Tofu schmeckt nach überhaupt nichts«, sage ich.

»Nein«, beharrt Mum. »Auch wenn das durchaus meine Meinung ist. Nein, ich sage: Die Familie kommt fast immer an erster Stelle.«

Das ist unser *provisorisches* Familienmotto, bis uns ein besseres einfällt. Genau wie der Kaugummi an einer Wasserleitung im Obergeschoss *provisorisch* das Leck abdichten soll. Oder wie Mums gesprungenes Handydisplay jetzt ein *provisorisches* Display ist.

»Ach, wir haben noch keines gefunden, das besser passt?«, bemerke ich.

»Ich ergänze den Punkt auf meiner Liste mit Slogans, die ersetzt werden müssen«, erklärt Connor.

»Danke, Connor«, meint Mum trocken.

»Ich hätte einen Vorschlag«, sage ich. »Bohnen, Bohnen, das magische Gemüse –«

Dad unterbricht mich. »Steht sonst noch etwas auf der Tagesordnung?«

»Ich glaube nicht, Junge«, sagt Oma Margery, die die ganze Zeit ziemlich still war. Sie ist unsere **beste Bäckerin** und befürchtet bestimmt, dass jemand auf die **hirnrissige** Idee kommt, sie solle »Bohnenbrote« produzieren.

Ich beobachte, wie Dad – teilweise von den Bohnenkisten verdeckt – die Tafel abwischt.

»Versammlung beendet«, sagt Mum.

4. Kapitel

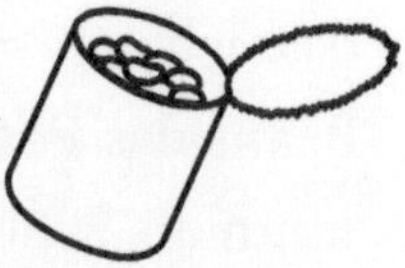

Na toll. Wirklich super. Ich wollte normal sein, also hat meine Familie *natürlich* sofort angefangen, noch mehr

Chaos

zu stiften.

Den Crumbles kommen die Baked Beans aus den Ohren raus. Sowie aus dem Schuhregal, dem Garderobenschrank und dem Wäscheschrank. Selbst in der kleinen Nische mit dem Wasserzähler stehen Bohnendosen.

Ich bin endlich meine Tante losgeworden, doch wo ihr Feldbett stand, stapeln sich jetzt Bohnendosen.

(Zum Glück erwartet meine Familie nicht, dass ich mich noch mehr einbringe.)

Trotzdem befürchte ich, dass ich in nächster Zeit keinen meiner neuen Schulfreunde zu mir nach Hause einladen kann. Wie sollte ich das erklären? »Oh, wir lieben einfach Bohnen. Das ist völlig normal, findet ihr nicht auch?« Zum Glück kennt Leila mich seit Ewigkeiten und würde niemanden danach beurteilen, wie viele Bohnendosen in seiner Wohnung verteilt sind.

Außerdem heißt die High School, auf die ich seit Kurzem gehe, ausgerechnet *Beanfore* High. Ich mache mich in der siebten Klasse bis jetzt echt gut, abgesehen davon, dass ich **gemobbt** wurde. Nun befürchte ich, dass die Baked Beans das Potenzial für erneutes Mobbing haben – auch wenn die Schule den Spitznamen **Bin-Fire** trägt, der zum Glück nichts mit Bohnen zu tun hat (aber dafür gefährlich klingt).

Stacey hat gesagt, dass ich mich nicht ärgern, sondern **in Dankbarkeit üben** soll, also will ich mal das Positive sehen:

Erstens bin ich immerhin nicht die Einzige in der Familie, die ihr Zimmer mit Bohnen teilen muss.

Zweitens können die Bohnen im Gegensatz zu Tante Rita keinen **Gong** schlagen, den Raum mit Limettenduft **fluten** oder für einen Waldspaziergang meinen Lieblingshoodie klauen.

Das war's dann auch schon mit dem Positiven.

»So schlimm ist es nun wirklich nicht«, behauptet Leila am nächsten Tag auf dem Weg ins Klassenzimmer. »Die paar Bohnendosen fallen kaum auf.«

»Klar. Und wenn ich Hunderte von Pelikanen in eurem Haus verteilen würde? Fändest du dann auch, dass die kaum auffallen?«

»Wie kommst du auf Pelikane?«, fragt Leila belustigt.

»Mensch, Rosie, großartig!«, höre ich Skyla an ihrem Tisch sagen. Sie lächelt nicht nur Natasha und Aiysha gekünstelt an, sie scheint eine neue Rekrutin zu haben. Rosie. **Wow**, die drei haben endlich eine neue Freundin gefunden, die **nicht** von unserer Grundschule kommt.

Und obendrein eine echt nette. Rosie Carter ist **freundlich** und **klug**. Ein ganz normales, sympathisches Mädchen – so kam sie mir jedenfalls bis jetzt vor.

Ich habe Rosie hier und da gesehen. Sie ist ziemlich **beliebt**. Und sie ist sehr selbstbewusst und sportlich. Dabei wirkt sie entspannt und nahbar. Sie strahlt **Authentizität** und **natürliche Autorität** aus, wirkt aber **nicht abgehoben**.

»Klingt toll«, sagt Rosie.

»Fantastisch!« Skyla wirkt noch zufriedener als am Kino. *Hmm.* Ich bin aufgrund meiner bisherigen Erfahrungen darauf konditioniert, mir jedes Mal **Sorgen** zu machen, wenn Skyla zu gut drauf ist.

»Ja, fantastisch«, stimmt Aiysha zu. Reden sie gerade über ihren geheimen,

coolen Plan?

»Okay, super. Bis später.« Rosie geht an ihren eigenen Tisch.

Es hat mich nicht überrascht, dass die Kinder aus der St. Joan's sich wieder Skyla angeschlossen haben. Natasha und Aiysha waren ja schon in der Grundschule sehr von Skyla angetan.

Und als wir von der St. Joan's an die Beanfore kamen, galten wir als total **vornehm**, weil die St. Joan's eine hervorragende Grundschule mit moderner Ausstattung ist. Es gibt da sogar einen Ententeich. Bei Wettbewerben zwischen den Schulen haben wir oft gewonnen. Also verpasste man uns den Spitznamen »**Die Elite mit den Enten**«.

»Na, du Schwindlerin.« Abi G. kommt herein und stößt im Vorbeigehen leicht gegen die Rücklehne von Skylas Stuhl.

Abi G. ist diejenige, die den Namen »*Die Elite mit den Enten*« erfunden hat. Direkt am ersten Schultag.

Aber nachdem Leila bewiesen hat, wie toll sie gleichzeitig reden und rülpsen kann, und nachdem ich ein paar **Zaubertricks** vorgeführt habe, fand Abi uns »ganz in Ordnung«.

Skyla hat schnell gemerkt, dass ihr hochnäsiges Getue hier nicht gut ankommt, also hat sie **Lügen** über mich erzählt. Abi hat ihr zunächst geglaubt und war dann ebenfalls gegen mich. Als die Wahrheit schließlich ans Licht kam und Skyla ihre fiese Tour eingestehen musste, war Abi **außer sich**.

Jetzt **hasst** Abi Skyla und mag mich wieder. Schule ist **anstrengend**, auch ohne das Lernpensum zu berücksichtigen.

»Gibt es wieder **Caroons?**«, wendet sich Abi an mich.

Oma Margery und ich haben für Staceys Theaterabend **Caroons** erfunden: Man bäckt ein winziges Croissant, gibt etwas Macaronteig darauf und bäckt es erneut. Die Caroons kamen echt gut an. Leila und ich haben uns einen **gewief-**

ten Plan zurechtgelegt und behauptet, Taylor Swift würde auf Caroons stehen.

Die **Caroons** sind ein Dauerbrenner; wir verkaufen sie teuer, backen sie aber nicht zu oft, um die Nachfrage hoch zu halten.

»Nein«, antworte ich. »Meine Oma sollte gestern Abend welche machen, aber dann … kam eine Sache dazwischen.« (Genauer gesagt tausend Sachen.)

»He, richte deiner Oma aus, dass sie sich ranhalten soll.« Abi grinst und ich kichere. »Sag mir Bescheid, wenn es wieder welche gibt«, bittet sie.

Ich verspreche es ihr.

Unser Café ist jetzt auf Instagram (dank Stacey, die sich mit Social Media auskennt). Wenn es wieder Caroons gibt, posten wir es und die Leute stehen dafür Schlange.

Natasha und Aiysha werfen Abi G. die ganze Zeit nervöse Seitenblicke zu und tun so, als hätten sie die Bemerkung gegen Skyla nicht gehört. Skyla, die uns lauernd beobachtet, wirft Abi schließlich einen finsteren Blick zu, dann wirft sie die Haare über die Schulter und wendet sich wieder an ihre beiden Freundinnen. Sie flüstern miteinander und kichern, als wären sie erleichtert.

Ich verstehe, dass sie mit Skyla befreundet sind, weil deren **arrogante Aura** ihnen einen gewissen Schutz bietet. Aber warum in aller Welt ist Rosie jetzt mit von der Partie? Ihre ehemalige Grundschule gilt nicht als **zu vornehm**. Sie kann sich mit **jedem** anfreunden.

Es klingelt.

»Schön, dann treffen wir uns in der Mittagspause hier und planen alles«, höre ich Skyla zu ihrer Truppe sagen.

Leila fängt meinen Blick auf und verzieht das Gesicht. Ich kichere. Aber ... *was* planen die? Das beschäftigt mich einfach.

Nach der Mittagspause machen wir in Chemie endlich ein Experiment mit **Bunsenbrennern**. Alle haben das Infoblatt über den sicheren Umgang mit Bunsenbrennern durchgearbeitet und jetzt sollen wir sie der Reihe nach mit einem Holzspan anzünden.

»Was musst du machen?«, fragt mich Mrs. Williams, unsere Chemielehrerin.

»Sicherstellen, dass die Luftzufuhr des Bunsenbrenners geschlossen ist«, zitiere ich.

Mrs. Williams nickt und reicht mir einen Holzspan. »Und dann?«

»Vorsichtig sein?«, rate ich.

»Überprüfen, ob die Gaszufuhr geschlossen ist«, sagt Leila.

Skyla, die ein Stück weiter an derselben Werkbank sitzt, kichert.

»Richtig, Leila«, lobt Mrs. Williams. Ohne Skyla anzusehen, fügt sie hinzu: »In meinem Unterricht wird nicht gekichert, Skyla. Wenn du dich nicht vernünftig verhalten kannst, musst du vor die Tür.«

Skyla richtet sich **erschrocken** auf, entschuldigt sich aber nicht.

»Schön, dann leg los«, sagt Mrs. Williams. Ich halte meinen Span in die Flamme des Bunsenbrenners von Aziz, drehe nach und nach das Gas meines Bunsenbrenners auf und führe den brennenden Span dorthin. Ich arbeite vorsichtig und langsam. Wer weiß, ob da nicht gleich etwas explodiert, doch dann entzündet sich das Gas. Ganz normal, ohne **Explosion**.

»Toll«, sage ich.

»Sehr gut.« Mrs. Williams geht weiter.

Bald kocht bei uns allen das Wasser in den Bechergläsern und wir lernen, dass die Flamme blau sein muss, weil bei einer gelben Flamme alles verrußt. Ist das **aufregend!**

Ich finde es klasse, dass wir Laborkittel und Sicherheitsbrillen tragen. Außerdem arbeite ich mit Leila zusammen – wir sind ein **eingespieltes Team**.

»Natasha, du machst es falsch«, höre ich Skyla. »Du hast unser Becherglas komplett verrußt.«

»Aber nur eine Sekunde lang«, verteidigt sich Natasha. »Jetzt stimmt die Flamme.«

»Hmmm«, macht Skyla. »Das gefällt mir nicht. Ich weiß nicht, ob ich dir wie geplant die Dekoration überlassen soll. Ich werde das wohl Aiysha übertragen.«

Welche Dekoration? Ich sollte wirklich keinen Gedanken daran verschwenden, aber ich kann nicht anders.

»Cool«, sagt Aiysha, die auch neben Skyla sitzt. (Sie dürfen zu dritt an einem Brenner arbeiten.) »Keine Sorge, Natasha. Wir können die Aula gemeinsam dekorieren.«

Was haben sie in der Aula vor?

»Nein«, kommt es verärgert von Skyla. »Natasha hat gerade unser erstes Chemieprojekt versaut. Wir können uns nicht darauf verlassen, dass sie **gute Entscheidungen** trifft.«

»Alle herhören!«, ruft Mrs. Williams mit ihrer lauten Stimme. »Wie die meisten von euch inzwischen bemerkt haben dürften, werden die Becher beim Üben etwas rußig. Das ist nicht schlimm und leicht zu entfernen.«

»Oh«, sagt Skyla. »Tut mir leid, Natasha.«

»Ruhe, während ich rede!« Mrs. Williams fragt uns, welche Erfahrungen wir gesammelt haben. Dann sollen wir unsere Bechergläser an ihren Platz zurückbringen, uns die Hände waschen und ein Arbeitsprotokoll schreiben.

»Tut mir leid, Natasha«, flüstert Skyla. »Wenn du magst, darfst du dich nach wie vor um die Dekoration für die **Modenschau** kümmern.«

Eine *Modenschau?* Das ist also ihr **cooler Geheimplan.**

Als wir vom Chemiesaal zum Klassenzimmer zurückgehen, um vor Schulschluss unsere Sachen zu holen, höre ich Skyla zu Aiysha sagen: »Falls das gut läuft, könnten wir bei der Schul-Talentshow eine Art Modenschau zeigen, habe ich mir überlegt.«

»Das wäre **cool**«, meint Aiysha.

Skyla entdeckt mich und Leila und bedeutet Natasha und Aiysha, zu schweigen. »Pssst, darüber sollten wir jetzt nicht sprechen. Hier gibt es zu viele unerwünschte Zuhörer.« Sie sehen alle zu mir und kichern.

Na, das hat ja nicht lange gedauert. Weil sie Natasha und Aiysha mit ihrer Arroganz beeindruckt hat und zudem Rosie an Bord holen konnte, hat Skyla schon wieder genug Oberwasser, um mich öffentlich herunterzuputzen. **Anstrengend**. Aber *heute nicht*, werte Dame.

»Meinetwegen müsst ihr nicht aufhören zu reden«, erwidere ich hochnäsig. »Die Welt braucht bestimmt genauso viele **Modeopfer** wie Menschen, die sich

um wirklich wichtige Dinge kümmern.

Macht ruhig euer Ding.«

»Woher weißt du von der Modenschau?«, fragt Natasha.

Bevor ich darauf antworten kann, sagt Skyla: »Oh, du scheinst ja ganz **besessen** von mir zu sein. Warum bloß?« Natasha und Aiysha kichern.

»Ich bin einzig und allein davon **besessen**, dir aus dem Weg zu gehen. Zählt das auch?«, frage ich.

Leila lacht.

Skyla kichert sarkastisch. Leila lacht noch sarkastischer und lauter zurück. So machen sie eine Weile weiter, verhöhnen sich gegenseitig, lachen und kichern gekünstelt, dann hören sie endlich auf und seufzen.

»Was soll's«, meint Skyla. »Jetzt ist die Katze aus dem Sack. Die **Loser** hätten es früher oder später sowieso mitbekommen. Wir feiern eine **Party**, zu der ihr **nicht eingeladen** seid.«

Natasha und Aiysha wechseln einen Blick und kichern beinahe, wollen aber womöglich nicht das nächste Lachduell anstoßen.

»Puh, Glück gehabt«, sage ich.

»Ha!«, macht Leila.

»**Neidisch?**«, stichelt Skyla.

»Oh ja, und wie«, erwidert Leila sarkastisch. »Ihr macht eine Modenschau. **Gähn**.«

»Ja, wir haben wenigstens **Talent**«, sagt Skyla. Dann vollführt sie eine alberne Geste mit der Hand und fügt hinzu: »Neid ist die höchste Form der Schmeichelei.«

Nun muss Aiysha tatsächlich kichern, aber diesmal eskaliert es nicht.

»Und wir haben Rosie«, ergänzt Skyla. »Sie ist **fantastisch**.«

»So fantastisch«, stimmt Natasha zu.

Sie führen sich auf, als wäre Rosie ein **Promi**, den sie für einen Gastauftritt gewinnen konnten. So sehen sie das wohl tatsächlich.

»Sie wird unsere **Zeremonienmeisterin**«, sagt Skyla. »Sie wird den Zuschauern die Designs erklären. Sie ist so **talentiert**.«

»Ja, als wir in der Theater-AG das seltsame Vogelgedicht rezitiert haben, hat sie das toll gemacht«, pflichtet Natasha ihr bei. »Das, in dem ein Typ von einer Taube getrollt wird.«

»Das war keine Taube«, widerspricht Aiysha. »Sondern ein Papagei. Und er konnte *sprechen*. Er hat immer wieder ›Nimmermehr‹ gesagt.«

»Warte mal«, unterbreche ich und unterdrücke ein Lachen. »Meint ihr *Der Rabe* von Edgar Allan Poe? Das ist ein **sehr berühmtes** Gedicht. Es kommt sogar in einer Halloween-Folge der *Simpsons* vor. Kanntet ihr das etwa nicht?«

»Schön, dann eben ein *Rabe.*« Natasha verdreht die Augen, als würde ich Haarspalterei betreiben. »Dann wird er eben von einem Raben getrollt.«

»Was?« Ich kann das so nicht stehen lassen. »Er wird doch nicht getrollt. Der Rabe versinnbildlicht seine Trauer und –« Ich gebe auf. »Also gut. Von mir aus wird er von einem Raben getrollt.« Ich kichere. »Raben halten nie den Schnabel.«

Skyla hat die Unterhaltung genervt verfolgt. »Ja, schon gut. Jedenfalls hat Rosie eine **wunderschöne Stimme**, wie eine Schauspielerin. Und wir haben eine **künstlerische**

Ader. Wir werden eine tolle Show auf die Beine stellen. So viel Talent auf einmal hat diese Schule noch nicht gesehen.«

»Na ja«, werfe ich ein. »Viele Leute haben Talente. Sogar ich«, rutscht es mir raus.

»Ach ja, was denn zum Beispiel?«, schnaubt Skyla.

»Alles mögliche«, erwidere ich. Doch dabei wird mir schmerzlich klar, dass ich immer noch nicht weiß, was mein herausragendes Talent ist. Dass ich Gedichte kenne, wird niemanden hinterm Ofen vorlocken. Schade eigentlich.

»Ha ha, der war gut«, sagt Skyla. »Sowas wie deine kleinen Zaubertricks? Wirst du bei der Talentshow welche vorführen?«

»Ja, oh ja, das habe ich tatsächlich vor.« Ich merke, dass Skyla immer mehr Oberwasser bekommt.

»Na, viel Glück dabei«, amüsiert sich Skyla. »Mir jedenfalls ist klar geworden, dass diese Schule förmlich danach lechzt, gezeigt zu bekommen, was wirklich angesagt ist – dank Hopes verrücktem Fashionista-Getue am Anfang des Schuljahrs.«

Und da kapiere ich, wie ausgebufft Skylas Plan tatsächlich ist. Sie möchte ihr Image wieder aufpolieren und sich als Königin der Partyplanung etablieren, indem sie eine Modenschau auf die Beine stellt. Und falls es ihr gelingt und sie genug Leute beeindruckt, kann sie wieder bestimmen, was angesagt ist. Und sie kann dafür sorgen, dass ich dabei außen vor bleibe. (Was mich dann vermutlich wieder ziemlich schlecht dastehen lässt.)

»Zu dumm, dass sie sich mit dir zufriedengeben müssen«, bemerke ich. Leila lacht.

»Da wären ja auch noch Rosie und wir beide«, sagt Aiysha.

»Ja, hör nicht auf sie«, meint Natasha zu Skyla. »Hope hat doch keinen blassen Schimmer von Mode.«

»Das kann man wohl sagen.« Skyla lacht und die anderen stimmen ein.

»Ich mache mir wirklich nichts aus Mode«, gebe ich zu. Dann ergänze ich sarkastisch: »Oh nein, wie **niederschmetternd**. Du hast eine **Tatsache** ausgesprochen.«

»*Du* machst dir vielleicht nichts aus Mode«, sagt Skyla verschlagen. »Aber Leila schon. Sie möchte sich vielleicht unserer modischen Truppe anschließen und uns helfen, die Sache zu rocken.«

»Pah!«, schnaubt Leila. »Niemals.« Sie nimmt eine übertrieben **dramatische Pose** ein. »Ich mache mir nichts aus Mode. Ich *bin* Mode.« Sie wechselt in eine andere witzige Pose. »Aber ich mache mir viel mehr aus netten Menschen. Du hast eine rote Linie überschritten und **bist für mich ein für allemal gestorben.**«

Eine peinliche Stille entsteht. Natasha und Aiysha wenden die Blicke ab. Es ist viel leichter, mit Skyla befreundet zu sein, wenn man nicht daran erinnert wird, wie sie mich **gemobbt** und durch den Dreck gezogen hat. Damit hat sie die halbe Jahrgangsstufe gegen mich aufgehetzt. Ich **liebe** Leila, weil sie sich nicht scheut, unbequeme Wahrheiten auszusprechen. Ich liebe es, wie Leila sich selbst treu bleibt und nicht versucht, cool zu sein – und es dennoch ist.

»Es geht um einen guten Zweck, also kann es nicht falsch sein«, erklärt Skyla.

»Oh ja, es ist für einen guten Zweck.« Aiysha und Natasha scheinen sich wieder zu fangen.

»Wir werden Geld für einen guten Zweck sammeln«, bekräftigt Skyla. »Es ist sehr freundlich und freigiebig von mir, so viel Arbeit für einen Zweck zu investieren, jawohl. Ich rede nicht gern darüber, aber jetzt muss ich es, weil ich diese Modenschau organisiere. Du bist also auf dem **völlig falschen Dampfer**, Leila, und musst zugeben, dass ich in Ordnung bin.« Skyla zuckt mit den Schultern.

»Von wegen!« Leila lacht auf. »Das ist genau die Masche, mit der blamierte Promis nach einem Skandal

Schadensbegrenzung

betreiben. Das ist genauso **verlogen** wie du selbst.«

»Sagtest du ›Promi‹?« Skyla lächelt.

»Das Wort, auf das es ankommt, war ›blamiert‹«, erwidert Leila.

»Und ›verlogen‹.« Abi G. hat sich dazugesellt und kann sich die Chance nicht entgehen lassen, Skyla zu beleidigen.

»Ich kann kaum erwarten, wie ihr euch beim Vorsprechen für die Talentshow **blamiert**«, flötet Skyla.

Endlich klingelt es zum Schulschluss.

»Ta-da«, sagt sie noch, während alle ins Freie stürmen.

Ich werde mich doch **nicht blamieren**. Ich habe **Talent**. Oder?

5. Kapitel

In einer Hinsicht hat Skyla recht, denke ich, als ich am nächsten Tag nach der Schule an meinem »Hausaufgaben-Tisch« im Café sitze. Es scheint an unserer Schule Interesse an so einem »aufregenden Ereignis« zu geben. Nachdem die Modenschau in der Schulversammlung angekündigt wurde, haben sich mehr als vierzig Schüler der siebten bis neunten Klassen dafür angemeldet.

Ich mache mir ein wenig Sorgen, dass Leila womöglich mehr Lust darauf hat mitzumachen, als sie zugibt (Mode ist voll ihr Ding), aber sie hat mir bereits ewige Treue geschworen. Außerdem kann sie Skyla nicht einfach nur aus Loyalität mit mir nicht mehr leiden (auch wenn ihr das als Grund ausreichen würde). Sie hat wirklich allen Respekt vor Skyla verloren und hält sie für eine

gefährliche Psychopathin

(ihre Worte).

Ich unterbreche die Hausaufgaben und denke darüber nach, welcher Zaubertrick für eine Schul-Talentshow passend wäre. Die meisten meiner Tricks eignen sich nur für Tischzauberei. Ich zersäge niemanden in zwei Teile. Könnte das Publikum überhaupt sehen, welche Karte jemand auswählt? Und die wichtigste Frage ist, ob Zauberei denn mein **herausragendes Talent** ist. Es ist einfach etwas, das ich **mag**. Und wenn meine wahre Leidenschaft Fechten wäre? Oder Eiskunstlauf?

»Brenda, das mit den Bohnenrezepten kann unmöglich dein Ernst gewesen sein«, höre ich Tante Rita an der Theke zu Mum sagen.

»Mein voller Ernst«, erwidert Mum.

Bisher hat meine Familie als einzige Maßnahme ein kleines handgeschriebenes Schild auf die Theke gestellt: »Hätten Sie gerne Bohnen dazu?«

Rita murmelt etwas Unverständliches.

Ich höre auf, über Zaubertricks und Eiskunstlauf nachzudenken, und frage mich, ob ich mir nicht doch ein paar Bohnenrezepte überlegen sollte, sicherheitshalber.

Meine Familie erwartet das zwar nicht von mir und ich habe Leila versprochen, nur den Wolf zu füttern, der meine wahren Interessen zum Vorschein bringen kann. Aber vielleicht habe ich mich in letzter Zeit so **darauf versteift**, dass der andere Wolf **verhungert**. Vielleicht sollte ich dem Wolf, der sich wegen meiner Familie Sorgen macht, einen kleinen Knochen hinwerfen.

»Die Versammlung beginnt in einer Stunde. Lass dir bis dahin etwas einfallen«, sagt Mum zu Rita.

Rita hat sich nichts einfallen lassen.

Das ist **seltsam**, denn sie steht auf veganes Essen und futtert bestimmt eine Menge Bohnen. Doch vermutlich mag sie es nicht, wenn man ihr etwas vorschreibt.

Wir sitzen im geschlossenen Café und halten die

»Zweite Bohnen-Notfall-Versammlung«

ab, um mögliche Rezepte durchzugehen. Tante Rita zeigt wenig Begeisterung.

Ja, ich weiß, es hieß, ich **bräuchte** mich nicht einzubringen. Aber meiner Familie ist offensichtlich nicht bewusst, dass ich beim letzten Notfall mehrmals

die Kuh vom Eis geholt habe.

Ich habe für aufgebrachte Eis-Fans **Zaubertricks** aufgeführt, damit meine Familie das Eis beschaffen konnte. *Ich* habe mir die **Caroons** ausgedacht (zusammen mit Oma Margery, klar, aber es zählt trotzdem). Und *ich*, Hope Crumble, unterschätzte **Zauberkünstlerin**, habe nach der Schule in einem Eiswaffelkostüm Flyer verteilt, obwohl ich **gemobbt** wurde (Leila hat geholfen, klar, aber es zählt trotzdem).

Ja, das war *ich*, Hope Crumble, Zauberkünstlerin und Kuh-vom-Eis-Holerin (außerdem wortgewandt, witzig, charmant und brillant. Aber ein richtig griffiges Alleinstellungsmerkmal ist mir noch nicht eingefallen).

Ich habe mir überlegt, ob ich weiter auf die Suche nach meinem **besonderen Talent** gehen soll, oder ob ich wenigstens probiere, mich an der Lösung des Bohnenfiaskos zu beteiligen. Es könnte ja sein, dass ich eine geniale Idee habe. Also habe ich mir Bohnengerichte überlegt, auch wenn das niemand von mir verlangt hat.

Meine Ideen können schließlich nicht schlechter sein als die von Tante Rita.

»**Je einfacher, desto besser**«, meint Tante Rita. »Ein bisschen Paprikapulver dazugeben und schon hast du Chili-Bohnen, die du als mexikanische Spezialität anbieten kannst.«

»Rita, inwiefern unterscheidet sich das von deiner ersten Idee, ein bisschen Chilipulver dazuzugeben und schon hätten wir Chili-Bohnen, die wir als mexikanische Spezialität anbieten können?«, fragt Mum sichtlich **verärgert**.

»Nun.« Tante Rita denkt kurz nach. »Es unterscheidet sich in der Intensität und aromatischen Fülle.«

»Aha«, sagt Mum trocken. »Und wie lautet dein dritter Vorschlag? *Geräuchertes* Paprikapulver?«

»Nein«, widerspricht Rita, klingt dabei aber so, als hätte sie genau das vorschlagen wollen. »**Nein**, natürlich nicht. Äh, ich dachte da eher an Zimt. Wie gesagt, **je einfacher, desto besser**. Und mit einer leichten Süße hat man schon eine –«

»Mexikanische Spezialität?«, fragt Mum.

»Klar«, räumt Rita ein. »Die meisten Bohnengerichte sind nun mal mexikanische Spezialitäten.«

»Okay. Stacey, du bist dran«, sagt Mum.

»Wunderbar.« Stacey erhebt sich und geht nach vorn zur Tafel. Rita war gar nicht erst aufgestanden.

»Also, meine erste Idee ist ein **herzhafter Bohneneintopf**«, sagt Stacey. »Wir könnten verschiedenes saisonales Gemüse hinzufügen – was gerade sowieso verbraucht werden muss. Dazu Kräuter, Kartoffeln und so weiter. Wir könnten sogar zwei Varianten anbieten, eine vegane und eine mit Fleisch, also mit Würstchen oder Rindfleisch oder so. Ich weiß, es ist draußen warm, aber sobald es kälter wird, werden die Leute etwas essen wollen, das sie von innen wärmt.«

»Das ist ja direkt ein **guter Vorschlag**.« Mum klingt so überrascht, dass es **fast beleidigend** ist.

Dad notiert auf der Tafel: »Eintopf, zwei Varianten«.

»Stacey wird uns alle **retten**«, lobt er sie.

»Stacey, das ist toll. Was noch?«, fragt Mum begeistert.

Meine Eltern wirken jetzt **vorsichtig optimistisch**. Die Stimmung hellt sich auf.

»Also, zweite Idee: **Baked Beans mit Pellkartoffeln**«, sagt Stacey.

Kurzes Schweigen, während das alle verdauen.

»Äh, Stacey, du weißt schon, dass das bereits **auf** unserer Karte steht, oder?«, fragt Mum.

»Klar, aber ich finde, wir sollten es **stärker hervorheben**«, erwidert Stacey leichthin.

»Wir suchen nach **neuen** Ideen«, erklärt Mum. »Und wie genau sollten wir es **stärker hervorheben?**«

»Als Gefängnisfraß!«, rufe ich, aber keiner findet es witzig oder reagiert darauf.

»Vielleicht mit einem großen Poster von einer appetitlich angerichteten Pellkartoffel mit Bohnen, sodass alle denken: *Oh ja, darauf habe ich Lust*«, schlägt Stacey vor. »Fiel mir nur so ein.«

»Wie sollen wir denn **Geld sparen**, wenn wir ein Poster drucken lassen?«

»Die einfachsten Ideen sind manchmal die besten«, behauptet Stacey.

»Das habe ich doch schon gesagt«, murmelt Tante Rita.

»Klar.« Mum nickt und Dad senkt den Stift.

»Und meine letzte Idee …«, fährt Stacey fort.

»Oh, **Bohnen auf Toast** womöglich?«, fragt Mum sarkastisch.

»Nein.« Stacey klingt beleidigt. »**Shakshuka**. Wir könnten die Bohnen einer Shakshuka hinzufügen. Wegen der Proteine.«

»Jetzt klaust du meine Einfälle«, behauptet Tante Rita.

»Wie kommst du denn darauf?«, fragt Stacey.

»Jeder weiß doch, dass in Shakshuka Chilipulver und Paprika sind, und genau das habe ich gesagt.«

»*Jeder* weiß das?«, frage ich verwirrt, aber wieder geht niemand auf mich ein.

»Außerdem sind darin Kreuzkümmel, Zwiebeln, Pfeffer, Knoblauch und Eier«, zählt Stacey auf. »Soweit ich mich erinnere, hast du nichts dergleichen erwähnt.«

»Das war mitgemeint«, behauptet Tante Rita. »Ich habe ein hervorragendes Grundrezept vorgegeben.«

»Du hast einfach nur ein Gewürz genannt«, sagt Mum.

»Drei Gewürze«, verbessert Tante Rita. »Sogar vier.«

»Das ist noch lange kein Rezept«, sagt Mum.

»Connor, du bist dran.« Dad hat »Shakshuka« auf die Tafel geschrieben. Stacey setzt sich.

»Okay.« Connor springt auf. »Keine Sorge, Leute, ich bin es gewöhnt, **Ideen vorzustellen**, weil ich mich mit der **Geschäftswelt** auskenne. Ich bräuchte einen kleinen Klicker und PowerPoint. Das haben wir nicht zufälligerweise?«, richtet er sich an Mum.

»Nein, Connor, witzigerweise haben wir das nicht«, erwidert Mum trocken.

»Ein Jammer, aber egal. Besorg das einfach für die nächste Versammlung.«

»Und wenn wir das täten?«, fragt Stacey. »Wozu wäre es gut, wo du doch gar nichts vorbereitet hast?«

»Man muss immer vorausdenken, Stacey«, erwidert Connor besserwisserisch, als wäre es der Gipfel unternehmerischen Engagements, sich durch eine leere PowerPoint-Präsentation zu klicken. »Passt auf: Meine erste Idee nenne ich **Bärenstarker Bohnentoastie**«, verkündet er stolz.

»Wieso bärenstark?«, will Stacey wissen.

»Ich versuche, **Männer als Zielgruppe** anzupeilen«, erklärt Connor. »Dazu muss man geeignete Begriffe verwenden, wie **groß** und **dominant**. «

»Es klingt, als bräuchte man ein starkes Gebiss, um die Toasties zu essen«, meine ich. »Als wären sie zu kross geraten.«

»Oh.« Damit habe ich Connor den Wind aus den Segeln genommen.

»Toasties sind aber ein guter Ansatz«, sagt Dad und notiert das Wort. »Die genaue Bezeichnung können wir später noch ausarbeiten.«

»Cool.« Connor nickt ermutigt. »Meine zweite Idee nenne ich **Banditen-Bohnen-Cottage-Pie**.«

»Wieso Banditen?«, fragt Stacey.

»Wieder eine gute Idee, aber am Namen müssen wir noch feilen.« Dad schreibt »Cottage Pie« auf.

»Lass dich nicht bremsen, Connor«, fordert Mum ihn auf. »Wie lautet die dritte Idee? *Terminator Tagliatelle?*«

»Nein«, sagt Connor. »Sie lautet **Macho Nachos!**«

Alle murmeln **überrascht** und **beeindruckt**.

»Hmm«, macht Mum. »Klingt gar nicht mal so schlecht.«

»Interessant.« Dad notiert es. »Vermutlich Nachos mit scharfen Bohnen? Dazu Guacamole und die üblichen Beilagen?«

Connor nickt.

»Ein zündender Name«, findet Stacey. »Allerdings eindeutig sexistisch und daher problematisch.«

»Er ist ein **schlauer Junge**«, sagt Tante Rita stolz. Das klingt so, als würde sie ihn dafür loben, **sexistisch** und **problematisch** zu sein.

»Gut gemacht, Junge«, sagt Dad. Connor strahlt.

»Ich habe übrigens auch ein paar Ideen«, melde ich mich zu Wort.

»Hope, ich sagte dir doch, dass du dir keine Gedanken zu machen brauchst«, mahnt Mum.

»Ach, das ist mir einfach so eingefallen«, erwidere ich. »Also kann ich es genauso gut vorschlagen. Ich habe ein bisschen gegoogelt.« Ich stehe auf. »Und da habe ich etwas entdeckt, das aussieht wie Mince Pie, aber anstelle von Nüssen und kandierten Früchten Bohnen enthält.«

»Bäh«, sagt Connor.

»Klingt widerlich«, findet auch Stacey.

»Nein, es ist ein leckeres Rezept. Mit Käse und Speck. Einfach ein kleiner Pie, in dem unter anderem Bohnen sind. Man könnte davon auch eine Variante machen, die an Fleischpastete erinnert.«

»Ekelhaft«, sagt Stacey.

»Ich habe es vielleicht nicht gut genug erklärt«, überlege ich.

»Ganz schlechte Präsentation«,

findet Connor. »Da kannst du von mir noch was lernen.«

»Also gut, dann versuche ich es anders«, sage ich sarkastisch. »Merkt auf!« Ich wedle mit der Hand in der Luft. »Meine grandiose nächste Idee – Trommelwirbel – ist fantastisch, ihr werdet sie lieben. Ihr würdet eure eigene Mutter dafür verkaufen.«

Alle lachen.

»So habe ich meine Ideen nicht präsentiert«, murmelt Connor.

»Sag einfach, was es ist«, bittet Dad.

»Ich stelle vor: Ratatatam! Der Baked-Beans-Frühstücks-Wrap!« Ich vollführe eine raumgreifende Geste.

Alle starren mich an. Connor verschränkt die Arme.

»Oh, Verzeihung«, sage ich betont. »Ich meinte natürlich den Muskelprotz-Mega-Wrap.«

»Klingt abstoßend«, findet Stacey.

»Muskelprotz klingt irreführend«, murmelt Tante Rita.

»Jemand erwähnte bereits *Toasties*«, sagt Connor. »Ach ja, das war ich. Finde deine eigene Marktnische.«

»Dann hast du also alles patentiert, was irgendwie einem Sandwich ähnelt?«, frage ich. (Wieso glauben er und Rita eigentlich, dass sie sich alles unter den Nagel reißen können?)

»Hör mal, *ich* hatte ein Thema und eine Vermarktungsstrategie«, sagt Connor. »Ich kenne meine Zielgruppe. Ich habe Marktanalyse betrieben. Kannst du von dir dasselbe behaupten?«

»Na schön«, lenke ich ein. »Meine Kundinnen sind kleine alte Damen, die sich hier häufig blicken lassen und gerne Bohnen essen. Und mein letzter Vorschlag ist ein sehr mildes Bohnenchili, weil diese Damen eine Abneigung gegen scharfes Essen haben.«

»So viele Vorurteile gegenüber alten Menschen«, bemerkt Stacey.

»Jawohl«, pflichtet Connor ihr bei. »Nur *weiße* alte Menschen haben eine Abneigung gegen scharfe Gewürze.«

»Genug.« Mum fuchtelt mit der Hand. »Vorurteile hin

oder her, wir müssen auf jeden Fall verschiedene Schärfegrade anbieten, um allen Geschmäckern gerecht zu werden.«

»Könnten wir so etwas wie eine Skala einführen?«, schlägt Dad vor.

»Du meinst, wie die bei *Nando's?*«, frage ich.

»Hope, setz dich bitte. Mum, hast du noch einen Vorschlag?«, wendet sich Dad an Oma Margery.

Oma steht nicht auf. Sie schaut auf ihren Notizblock mit einer langen Liste, in der sie im Laufe des Abends immer wieder etwas durchgestrichen hat.

»Mal schauen, was noch nicht erwähnt wurde …«, sagt Oma. »Bohnenburger, Suppen, Dips, auf jeden Fall braunes Bohnenmus mit Extras, Schmortopf – ja, das ist so ähnlich wie Eintopf, aber Überschneidungen sind unvermeidlich. Dann hätte ich noch Curry und vielleicht Quesadillas. Wurstbrötchen mit Bohnen – hm, das klingt nicht ganz so ansprechend. Nudelauflauf wäre noch eine Möglichkeit. Ich glaube, das ist erst mal alles.«

Ist sie nicht wunderbar? Meine Oma hat mit ihrer **systematischen, pragmatischen** Art die ganze Versammlung **überflüssig** gemacht, ohne sich ein einziges Mal zu beschweren. Sie möchte alles effizient angehen, aber sie scheut Konfrontationen. Also macht sie ihr eigenes Ding und wartet geduldig, bis wir uns ausgetobt haben. Ich muss fast lachen.

»Ah ja.« Auch Mum scheint zu merken, dass wir mit unserer Debatte nur Zeit verschwendet haben. »Sehr gründlich.«

Ich weiß nicht, ob Oma Margery es kapiert hat, denn sie sagt: »Es ist schön, dass wir alle an einem Strang ziehen. Was für ein schlauer Einfall, alle zu beteiligen. Die Kinder haben sich wirklich große Mühe gegeben.«

Das könnte ein Seitenhieb gegen Tante Rita sein, denn die ist aus Omas Sicht die einzige Erwachsene, die etwas präsentiert hat – und ihre Vorschläge waren völliger Unsinn.

Tante Rita scheint die unausgesprochene Kritik herauszuhören und meldet sich zu Wort. »Ich muss sagen, ich hätte von Margery als unserer

besten Bäckerin

erwartet, dass sie sich Backrezepte mit Bohnen ausdenkt. Bohnenbrot, Cannellinikuchen und was nicht noch alles.«

»Ja, das wäre schön«, sagt Mum.

»Cannellini-Bohnen sind eine andere Sorte, Liebes«, stellt Oma richtig.

»Bitte?«, sagt Rita.

»Baked Beans in Dosen werden normalerweise aus Gartenbohnen hergestellt. Die sind kleiner als die ebenfalls weißen Cannellini-Bohnen.«

»Aber ja, das wusste ich natürlich«, schwindelt Rita.

»Wir würden uns einfach über *irgendwelche* Backwaren mit Bohnen freuen«, sagt Dad.

»Tja.« Oma sieht aus, als hätte sie genau das befürchtet. »Natürlich gibt es viele Backwaren mit Gemüse als Zutat. Aber nicht, wenn das in Tomatensoße schwimmt. Normale, eingeweichte Bohnen kann man jederzeit dazugeben, aber es ist viel **schwieriger**, wenn nicht gar **unmöglich**, mit Baked Beans aus der Dose etwas zu **backen**.«

»Aber nicht völlig unmöglich?«, hakt Connor nach.

»Höchstwahrscheinlich unmöglich«, erwidert Oma.

»Nichts ist unmöglich!«, verkündet Connor.

»Du wärst also bereit, die kleine Iriye kennenzulernen?«, frage ich.

»*Hope!*«, mahnt Mum.

»Tut mir leid.«

»Also schön«, sagt Oma Margery. »Ich werde versuchen, etwas zu kreieren, auch wenn es vermutlich eine Menge Arbeit und **totale Zeitverschwendung** ist, weil nichts dabei herauskommt.«

»**Wunderbar**. Danke, Margery«, sagt Mum.

Oma macht ein Geräusch, das beinahe ein Seufzen ist. Das höre ich hin und wieder von ihr.

Arme Oma. Sie schuftet von uns allen am **härtesten**. Doch das wird nicht gewürdigt. Stattdessen kriegt sie **noch mehr aufgehalst**.

»Die Versammlung ist hiermit beendet«, erklärt Mum.

6. Kapitel

In der Unterstufenversammlung verkündet Mr. Derricks: »Wenn ihr für die Talentshow vorsprechen möchtet, könnt ihr euch noch eine Woche lang in die Liste eintragen. Falls ihr euch noch nicht sicher seid, wird es höchste Zeit, euch zu entscheiden.«

Leila und ich wechseln einen Blick. Leila zuckt belustigt mit der Augenbraue und ich grinse. Wir haben beide überlegt, ob wir mitmachen wollen. Sie könnte etwas singen. Ich bin noch nicht sicher. (Welchen Schaden würde mein Selbstwertgefühl nehmen, wenn sich herausstellt, dass ich kein Talent besitze?)

Mr. Derricks fährt fort: »Bitte achtet darauf, dass ihr den Müll richtig trennt und die entsprechenden Abfalleimer verwendet. Jeder, der dabei erwischt wird, wie er etwas in den falschen Eimer wirft, muss in der Mittagspause nachsitzen.«

»Ach du je«, murmelt Leila.

Maria flüstert uns zu: »Ich glaube, ich habe gesehen, wie jemand aus der Neunten jede Menge Rasierschaum in den Eimer für Getränkedosen gesprüht hat.«

»Und jetzt noch eine eher schlechte Nachricht«, fährt Mr. Derricks fort. »Es gab leider Unstimmigkeiten bei den

Terminvergaben und die Aula wurde für einen Abend **doppelt gebucht**. Darum muss die **Modenschau** zugunsten des Lehrer-Eltern-Quizabends ausfallen.«

Diejenigen, die auf Mode stehen, raunen enttäuscht.

»Nie im Leben!«, ruft Skyla. »Das ist **unerhört!**«

»Keine Zwischenrufe!«, rügt Mr. Derricks sie. »Ich weiß, das ist bedauernswert.«

»Das ist viel mehr als nur bedauernswert!«, ruft Skyla erneut.

»Bitte keine Zwischenrufe, Skyla«, sagt Mr. Derricks. »Das ist eine Schulversammlung, da dürfen Schüler nicht einfach das Wort ergreifen. Wenn du etwas sagen willst, musst du die Hand heben.«

Skyla reißt die Hand in die Höhe und redet einfach weiter. »Bestimmt können Sie einen anderen Termin für den Quizabend finden. Viele Schüler werden bitter **enttäuscht** sein.«

»Skyla, hör endlich mit den Zwischenrufen auf. Ich habe dich gewarnt.«

»Aber ich habe die Hand gehoben!«

Meine Mitschüler amüsieren sich prächtig darüber, wie Skyla sich vor aller Augen mit dem Lehrer **anlegt**.

Mr. Derricks seufzt. »Schau mal, wir haben versucht, einen anderen Termin zu finden. Wirklich. Aber es ist alles ausgebucht: AGs, Theaterproben, Lehrersprechstunden und so weiter. Tut mir leid, aber da ist nichts zu machen.«

Skyla hält weiter den Arm hochgereckt und erwidert lautstark: »Das ist nicht fair. Sie sollten das Quiz absagen.«

Mr. Derricks kann einen Hauch von Belustigung nicht verbergen. »Aber gewiss. Das Quiz hat eine **lange Tradition** und bringt **mehr Geld** ein als alle anderen Veranstaltungen **zusammen**. Wenn du so erpicht auf deine Modenschau bist, dann musst du dafür einen anderen Veranstaltungsort finden. Wenn du weiter darüber sprechen möchtest, dann komm nach der Versammlung zu mir. Falls du jetzt noch einen Mucks machst, musst du

nachsitzen.«

Skyla lässt die Hand sinken und seufzt vernehmlich. Die Schüler um mich herum murmeln leise. Mr. Derricks erklärt die Versammlung für beendet.

»Ich hätte nicht gedacht, dass sie so etwas bringen würde«, meint Abi G. kichernd zu Leila und mir, als wir in den Flur hinausgehen.

»Was denn?«, frage ich.

»**Na, sie tut doch immer so vornehm und wohlerzogen.**« Sie deutet mit dem Daumen nach hinten auf Skyla. »Ich hätte nie gedacht, dass sie sich trauen würde, einen *Lehrer* anzumotzen.«

Es klingt, als würde Abi Skylas Aufmüpfigkeit als eine Art **coole** und **beeindruckende Rebellion** betrachten. Für mich ist Skylas Verhalten einfach nur ein weiterer Beweis dafür, dass sie sich für **etwas Besseres** hält.

»Skyla hat den Lehrer nicht angemotzt, weil sie sich mutig einer Autoritätsperson widersetzt hat«, erkläre ich Abi und Leila. »Sie denkt, sie wäre den Lehrern überlegen. Aus Skylas Sicht sind andere Menschen nur Bedienstete.«

Abi G. kichert. »Sie steht immerhin zu ihrer Meinung. Echt ein Jammer, denn diese Modenschau hätte so cool werden können. Ich habe gehört, dass Rosie auch mitmachen wollte.« Abi schüttelt den Kopf.

»Na toll«, flüstere ich Leila zu. »Jetzt steht Skyla wieder als Heldin da.«

»Ärgerlich«, findet auch Leila. »Aber du scheinst vergessen zu haben, was wirklich zählt.«

»Häh?«

»Na, die Hauptsache. Hallo?«

»Was denn?«

»Skylas Modenschau wurde abgesagt. Das ist doch zum Totlachen«, sagt Leila.

»Ach ja«. Und dann begreife ich es. Das war's dann mit ihrem coolen Plan.

»Hope, wie war's in der Schule?«, begrüßt Mum mich beiläufig, als ich ins Café Crumble komme. Dann fährt sie damit fort, die Kaffeemaschine zu reinigen. Tante Rita lehnt am anderen Ende der Theke und wirkt gelangweilt, weil in ihrer Wahrsagebude gerade nichts los ist.

»Richtig gut«, antworte ich fröhlich. Ich kann es kaum erwarten, meiner Mum den neuesten Klatsch zu erzählen. »Du wirst nicht erraten –«, hebe ich an, doch Mum bedeutet mir, zur Seite zu treten, weil sie eine Kundin bedienen muss – eine Dame im Hosenanzug, die Pfefferminztee und ein Käsetoastie bestellt.

Warum vergesse ich immer, wie sinnlos es ist, meiner Mum den **neuesten Klatsch** erzählen zu wollen? Sie weiß es gar nicht zu schätzen.

Ich mache Platz und sehe zu, wie Mum versucht, der Dame ein Käse-*und-Bohnen*-Toastie aufzuschwatzen. Aber die scheint kein Interesse zu haben. Da ist wohl meine Hilfe gefragt.

»Oh, ein Käse-*und-Bohnen*-Toastie?«, werfe ich ein. »Davon habe ich gehört. Anscheinend sind alle **ganz wild** darauf.« Mum wirft mir einen Blick zu, als sei ich nicht bei **Verstand**. (Aber seit ich **Caroons** erfunden und sie mit meiner pseudo-neureichen Masche populär gemacht habe, bin ich nicht mehr zu bremsen.)

»Alle sind wild darauf?« Die Kundin beäugt mich misstrauisch.

»Und ob«, sage ich. »Sie sind auf TikTok viral gegangen.«

»Hmm.« Die Kundin überlegt. »Also gut, dann probiere ich einen.«

»**Wunderbar.**« Mum lächelt und tippt die Bestellung ein. Die Dame geht zufrieden an ihren Tisch, um auf ihr TikTok-würdiges Toastie zu warten.

»Ein Käse-und-Bohnen-Toastie«, ruft Mum Dad in der Küche zu.

In dem Augenblick kommt Connor etwas zu früh zu seiner Schicht.

»Gern geschehen!« Connor strahlt stolz, dabei habe **ich** die Kundin überzeugt. »Schön, dass die Bohnentoasties weggehen wie warme Semmeln.«

»Gut gemacht, Connor«, lobt Tante Rita stolz. **Typisch.**

»Bitte?« Stacey kommt mit einem Tablett hinter der Theke hervor. »Sogar ich habe mitbekommen, dass es Hopes Verdienst war, dabei habe ich nur mit einem Ohr zugehört.« Sie serviert der Dame den Pfefferminztee und kehrt zur Theke zurück.

»Was soll das heißen?«, fragt Connor beleidigt. »*Ich* bin das **Marketinggenie.**«

»Ich habe ihr gesagt, dass Bohnentoasties auf TikTok **viral gegangen** sind, darum hat sie eins bestellt«, erkläre ich.

»Weißt du, was das bedeutet?«, fragt Connor.

»Ja, dass auch die ältere Generation TikTok entdeckt hat«, bemerkt Stacey. Ich kichere.

»**Hey**«, sagt Mum halbherzig, um ihre Generation zu verteidigen.

Connor schüttelt den Kopf. »Hope, halte dich da raus. Marketingstrategie ist meine Sache.«

»Was heißt, ich soll mich raushalten? Ich weiß auch alles darüber, wie man Sachen an den Mann bringt«, ereifere ich mich. »Weißt du noch, wie das mit den **Caroons** war?«

»Aber die Bohnentoasties sind meine Kreation«, beharrt Connor. »Männer sind die Zielgruppe dieses Gerichts und nicht irgendwelche Leute, die denken, dass jemand dazu auf TikTok einen albernen Tanz verbreitet.«

»Von einem Tanz war nie die Rede«, erwidere ich verwirrt.

Stacey fängt an, zum Abba-Hit *Dancing Queen* zu singen: »You are the dancing bean …«

»Dir kann ich es nie recht machen«, sage ich zu Connor. »In der Versammlung hast du gesagt, meine Präsentation sei schlecht. Dann beweise ich, wie **gut** ich etwas präsentieren kann, aber das passt dir auch nicht. Verkaufe es *besser*, Hope. Verkaufe es *schlechter*, Hope. Entscheide dich mal, Connor.«

»Finde deine eigene Nische«, sagt Connor. »Marketing ist mein Ding.«

»Meinetwegen«, erwidere ich.

»Connor, plustere dich nicht so auf«, sagt Mum. »Alle Gerichte sind für **jeden**. Nichts ist ausschließlich für Männer.«

»Tut mir leid, Tante Bren. Ich habe mich etwas ereifert«, lenkt Connor ein. »Tut mir leid, Hope. Es ist nun mal leider so, dass die meisten **Topunternehmer Perfektionisten** sind.« Er zuckt mit den Schultern.

»Klar. Von mir aus«, meine ich.

»Und die Kundin **hat** wirklich auf Hopes Erwähnung von TikTok reagiert«, überlegt Mum. »Es muss sie überzeugt haben, dass Bohnentoasties dem

Zeitgeist

entsprechen.«

Stacey verdreht die Augen, sagt aber nichts.

»Ja, diesen Trend schlachten gerade viele Geschäftsleute aus«, sagt Connor. »Die Buchhandlung Smith hat über den Kinderbüchern im Schaufenster ein Schild aufgehängt: ›Auf TikTok empfohlen‹.«

»Vielleicht sollten **wir** auch ein Schild aufhängen«, erwägt Mum.

»Ach, plötzlich können wir uns ein Schild leisten!«, ärgert sich Stacey. »Ich habe das für die Pellkartoffeln vorgeschlagen, aber du warst sofort dagegen.«

»Du kannst Pellkartoffeln nicht mit ›Auf TikTok empfohlen‹ bewerben«, sagt Mum. »Dazu müssen sie schon etwas **ungewöhnlich** sein. Man geht nicht in den Zoo, um Hühner zu bestaunen.«

»Gibt es im Zoo überhaupt Hühner?«, frage ich.

»Nein, womit das bewiesen wäre«, sagt Mum selbstzufrieden.

»Also gut, vergessen wir deine **seltsame Bemerkung** mit den Hühnern«, sagt Stacey. »Ich sollte **tatsächlich** auf TikTok ein Video über Bohnentoasties hochladen, damit es nicht geschwindelt ist. Immerhin ist das der Job hier, der noch am ehesten etwas mit Schauspielerei zu tun hat. Und wenn wir schon dabei sind, sollten wir ein paar Bilder unserer neuen Gerichte auf Insta posten.«

»*Ich* bin für Marketing zuständig«, erinnert Connor sie. »Ich sollte den **Werbeauftritt** auf TikTok erstellen.«

»Du darfst mithelfen«, sagt Stacey. »Aber ich werde den Text schreiben, Regie führen, das Video produzieren und **selbst** darin auftreten.«

»Na schön«, lenkt Connor ein.

»Fein, aber hört mal, ich habe was Saftiges«, verkünde ich. Alle schauen auf meine Hände. »Nein, kein Getränk. Ich rede von saftigem Klatsch. Der wird vor allem Mum interessieren.«

Tante Rita beugt sich vor. »Oh, ich stehe auch auf Klatsch.«

»Also, dann ratet mal, was Skyla heute in der Schule passiert ist.«

»Oho, was denn?«, fragt Mum, dann erklärt sie Rita: »Skyla ist die Mobberin.«

»Kapiert«, sagt Rita. »Hat vermutlich eine graue Aura.« Als würde das alles erklären.

»Also, sie versucht, alle wieder auf ihre Seite zu ziehen, indem sie eine Modenschau organisiert, aber ihr Plan droht zu

scheitern.

In der Unterstufenversammlung wurde heute bekanntgegeben, dass die Aula am Abend der Modenschau auch für den Lehrer-Eltern-Quizabend gebucht wurde. Und dieser Quizabend scheint wichtiger zu sein.«

»Ich war mal bei so einem Quiz«, sagt Rita. »Da geht es hoch her.«

»Mag sein, jedenfalls kann Skyla die Modenschau nicht auf einen anderen Abend legen, weil in der Aula alle möglichen AGs, Theaterproben und Lehrersprechstunden stattfinden. Skyla braucht also einen **neuen Veranstaltungsort**. Um Nelson Muntz aus den *Simpsons* zu zitieren: ›Ha-ha!‹«

»Ach du je.« Mum versucht, neutral zu klingen, aber sie ist **sichtlich erfreut** über Skylas Pech. Die hatte ihr auf der Party zu meinem siebten Geburtstag mitgeteilt, ihr selbst gebasteltes Eselsschwanzspiel sei »**lächerlich**« (dass sie mich in letzter Zeit gemobbt hat, macht sie in Mums Augen nicht sympathischer).

»Und jetzt hört euch das an«, füge ich hinzu. »Natasha hatte doch tatsächlich den Nerv, **mich** zu fragen, ob sie die Modenschau im **Café Crumble** veranstalten könnten.«

»**Ach?**«, macht Mum.

»Und dann hat Skyla mir ins Gesicht gesagt, dass sie lieber **sterben** würde. Woraufhin ich sagte, dass es mir das wert wäre. Schlagfertig, was?«

»Gut gekontert!«, freut sich Stacey.

»Es fühlt sich so toll an, wenn einem rechtzeitig eine passende Antwort einfällt«, sage ich.

»Klasse«, findet Connor.

»Die vierzig Kinder, die bei der Modenschau mitmachen wollten, werden Skyla also nicht auf die dunkle Seite der Macht folgen«, frohlocke ich.

»Vierzig?«, hakt Mum nach. »Puh, das sind aber ganz schön **viele**.«

»Jep.« Ich grinse.

»Und sie brauchen einen Veranstaltungsort? Vielleicht sogar einen, der Essen anbietet ...« Mum klingt **nachdenklich**.

»Äh, du ziehst das doch nicht ernsthaft in Erwägung, Mum?«, frage ich.

»Nein. NEIN! Natürlich nicht.« Mum lächelt und schüttelt den Kopf. »Ihr Karma hat Skyla diesmal schnell eingeholt.«

»Karma?«, fragt Connor.

»Karma bedeutet, dass Handlungen ungeahnte Konsequenzen haben können«, erklärt Stacey. »Wenn man etwas Gutes tut, passiert einem etwas Gutes, aber wenn man etwas Schlechtes tut, sammelt man

negative Karmapunkte,

auch wenn es zunächst so aussieht, als würde man davonkommen. Irgendwo, irgendwie wird das Universum dafür sorgen, dass man seine gerechte Strafe erhält.«

»Das ist grob vereinfacht«, sagt Tante Rita. »Du hast nicht einmal erwähnt, dass es aus dem Hinduismus stammt.«

»Es ging mir nur um die Kernaussage«, verteidigt sich Stacey.

»Du kannst ein

spirituelles Konzept

doch nicht auf eine Kernaussage reduzieren«, meint Rita.

»Ein Käse-und-Bohnen-Toastie!« Dad stellt einen Teller auf die Theke und kehrt in die Küche zurück.

»In einem vollbesetzten Café kann man das sehr wohl«, sagt Stacey.

Ich werfe meiner immer noch nachdenklich dreinschauenden Mum einen eindringlichen Blick zu, dann gehe ich an meinen Hausaufgabentisch.

»Mach Platz!« Connor schiebt mein Mäppchen mit seinem Lineal zur Seite.

Ich schnipse mit dem Finger gegen seinen Arm. »Stell dich nicht so an.«

Als er noch bei uns gewohnt hat, haben wir uns den Tisch geteilt. Jetzt gehört er eigentlich mir allein, aber an seinen Arbeitstagen macht Connor hier vor Schichtbeginn seine Hausaufgaben.

Der Tisch steht in einer Ecke des Cafés, darum dürfen wir uns nur leise streiten.

Ich würde jetzt gern einen **neuen Kartentrick** einstudieren, aber Connor hat meiner Mum mal gesteckt, ich würde meine Hausaufgaben nicht machen.

Unfassbar.

Er sagte, wenn er vor seiner Schicht seine Hausaufgaben erledigen müsste, dann würde das auch für mich gelten. Dabei habe ich gar keine Schicht. Ich bin eigentlich **rund um die Uhr** im Café eingespannt.

Ich bin immer noch sauer, dass Connor das Marketing komplett für sich beansprucht. Ich beobachte schon seit Ewigkeiten, wie er sich als

toller Geschäftsmann

aufspielt. Aber wieso nervt es mich jetzt plötzlich noch mehr? Er hat *immer* schon gesagt, ich hätte kein **Alleinstellungsmerkmal**.

Aber, hey, ich bin Hope Crumble (eine unterschätzte elfjährige Zauberkünstlerin), die sich gewählt ausdrückt, was andere manchmal ärgert oder verwirrt. Außerdem bin ich witzig, ganz zu schweigen davon, wie hinreißend ich bin. Vielleicht *spüre* ich zum ersten Mal, dass ich noch kein ausgeprägtes Persönlichkeitsprofil habe. Oder es wird mir jetzt erst richtig bewusst.

Normalerweise werde ich herumgescheucht, weil in meiner Familie der **Irrsinn** herrscht. Aber plötzlich heißt es: »Ach, Hope, wir haben alles im Griff.« Sie belasten mich damit **nicht** mehr und ich bin frei. Doch was mache ich mit dieser Freiheit? Wer **bin** ich, wenn ich nicht für andere

den Karren aus dem Dreck ziehe?

Oma Margery kommt mit einem Teller mit klein geschnittenem Gebäck an unseren Tisch.

»Juhu, Margery!« Doch Connors Freude verfliegt, als ihm wieder einfällt, dass es neuerdings ständig etwas mit Bohnen gibt. Er wurde schon mal enttäuscht und fand es **eklig**.

»Was ist das, Oma?«, frage ich.

»Bitte nicht noch eine Bohnen-Quiche«, sagt Connor. Mit Quiche steht er sowieso auf Kriegsfuß.

»Möchtet ihr die Ersten sein, die mein Bohnenbrot mit

Rosmarin und Knoblauch verkosten?« Margery hält uns zögerlich den Teller hin.

»Na klar«, sage ich prompt, denn ich möchte meine Oma auf keinen Fall beleidigen. Ich nehme ein Stück und halte nur **ganz kurz inne**, bevor ich es in den Mund schiebe.

Connor beobachtet mich beim Kauen.

»Hmmm. Das ist wirklich **viel** besser als das letzte«, stelle ich fest.

Connor nimmt sich direkt zwei der quadratischen Stücke und steckt sie in den Mund. »Oh ja«, stimmt er zu. »Margery, das ist dir endlich gelungen.«

Meine arme Oma Margery. Meine Familie hat

das Unmögliche

von ihr verlangt. Sie wollten sie unbedingt dazu bringen, ein **süßes** Bohnengebäck zu kreieren. Es kamen Vorschläge wie:

- Blaubeeren-Limetten-Kuchen mit weißen Bohnen
- Brownies mit Schokostücken und schwarzen Bohnen
- Bohnen-Beeren-Brot
- Rosinenbrötchen mit roten Bohnen.

Für das meiste davon hätten wir allerdings **andere** Bohnensorten gebraucht – keine Baked Beans in Tomatensoße. (Und Oma musste dafür Überstunden schieben.)

Sie bestand also darauf, etwas Würziges auszuprobieren, mit Rosmarin, Käse, Oliven und so. Aber keiner hörte auf sie. Oma wies sogar darauf hin, dass sie andernfalls nur Zutaten verschwenden würde und dass man ihrem Instinkt vertrauen sollte. Aber nein, sie musste einige dieser Grässlichkeiten backen. Nun hat sie tatsächlich eine ihrer eigenen Ideen umgesetzt und damit ist ihr etwas gelungen, das ihren hohen Ansprüchen genügt. Na also!

Oma wirkt erleichtert und erfreut. »Danke, Kinder. Esst gerne den Rest. Ich werde den anderen die gute Neuigkeit mitteilen.«

Es lässt sich nicht leugnen, dass unsere Speisekarte sehr

bohnenlastig

geworden ist. Einiges davon ist lecker, wie beispielsweise der Eintopf. Er wird jeden Tag frisch gekocht mit leicht veränderten Zutaten, darum wird er nicht langweilig.

Wie gut diese neuen Gerichte bei den Gästen ankommen, werden wir auf der nächsten Familienversammlung besprechen. Meine Eltern haben eine Art Countdown eingeführt – die Bohnenbilanz.

Von dem Essen bei uns zu Hause will ich gar nicht erst anfangen. Zum Frühstück gibt es Bohnen auf Toast. Zum Abendessen Bohneneintopf, Bohnen mit Fischstäbchen oder Pellkartoffeln mit Bohnen. Und einmal gab es sogar Bohnen ohne alles, weil wir zu müde waren, um Würstchen zu grillen.

Alle versuchen, es **positiv** zu sehen, also heißt es: »Haben wir nicht **Glück**, dass Bohnen wirklich zu *allem* passen?« Aber ich weiß nicht, wie lange der Optimismus noch anhält. Oder wie lange es dauert, bis wir uns dumm und dusselig pupsen.

Ich sitze am Hausaufgabentisch, erledige meine Hausaufgaben und denke verärgert, dass man nie etwas tun sollte, wenn man müde ist (zum Beispiel Bohnen bestellen). Dann kann ich endlich nach oben gehen und fernsehen. Und Bohnen essen.

7. Kapitel

»Als Nächste ist Leila Mandel an der Reihe«, ruft Mrs. Grayson Leila beim Vorsprechen für die Talentshow auf.

»Du schaffst das, Leila!«, feuere ich sie an.

Maria, Sophie, Freddie, Abi und Dylan klatschen und jubeln.

Freddie ruft: »**Wuhu!**«

Leila schwebt förmlich auf die Bühne und **strahlt zuversichtlich** ins Publikum. Ich sehe, wie Skyla, Natasha und Aiysha feixen. Rosie sitzt neben ihnen, beteiligt sich aber nicht an dem Getue, sondern blickt erwartungsvoll zur Bühne.

Die Musik setzt ein und Leila singt *Defying Gravity* aus dem Musical *Wicked*. Sie ist echt gut. Wir sind ganz hingerissen. Selbst Skyla, Natasha und Aiysha halten inne und starren Leila **erstaunt** an.

Rosie grinst und klatscht. Sie hat auch etwas gesungen (natürlich sehr gut), aber sie ist nicht neidisch. Sie ist fair und wünscht jedem das Beste. Ich frage mich wieder einmal, wieso sie bei Skyla sitzt.

Leila bekommt von allen

viel Applaus

und verbeugt sich.

»Danke, Leila«, ruft Mrs. Grayson begeistert. »Das war wunderbar. Als Nächste ist Dylan Fraser dran.«

Dylan steht auf und wir jubeln und applaudieren wieder. Leila kommt von der Bühne und setzt sich neben mich.

»Das war der **Hammer!**«, raune ich ihr zu. Abi klopft Leila auf die Schulter und Freddie reckt den Daumen hoch.

»Danke«, flüstert Leila strahlend.

Wir wenden uns wieder der Bühne zu und beobachten Dylan. Sie kann sehr gut pfeifen. Ich weiß nicht, was sie da pfeift. Es könnte vielleicht ein Song von Taylor Swift sein. Ich habe noch nie jemanden ein so langes Stück pfeifen gehört, aber sie hat es echt drauf.

»Hast du geübt?«, flüstert Leila mir zu.

»Definiere Üben«, necke ich sie.

Leila wirft mir einen verärgerten Seitenblick zu. »Du weißt ganz genau, was Üben bedeutet.«

Leila und ich haben in letzter Zeit darüber gesprochen, ob ich überhaupt herauszufinden **versuche**, was mir **Freude** macht, und es dann ernsthaft verfolge. Oder ob ich mir nur selbst im Weg stehe und in meinem alten Trott verharre (ihre Worte).

Ich weiß, ich sollte meinen

optimistischen, kreativen Wolf

füttern, aber ich ertappe mich immer wieder dabei, wie ich den anderen Wolf päpple, der darüber nachgrübelt, dass meine Familie die Modenschau für Skyla ausrichten will, um ein tausend Bohnendosen großes Loch in unserem Budget zu stopfen.

Dabei hat Leila mir wieder und wieder gepredigt, das sei nicht mein Problem.

Na egal. Wir sind uns einig, dass Tischzauberei sich nicht für die Bühne eignet. Außerdem weiß ich ja bereits, dass mir das Spaß macht, also habe ich beschlossen, etwas

Wirkungsvolleres

zu präsentieren – und zu tanzen. Leila hat mir eine einfache Choreo zu dem Oldie *The Locomotion* beigebracht. Die Melodie ist ziemlich eingängig und der Tanz war leicht zu lernen, denn er besteht überwiegend aus immer gleichen Lokomotivbewegungen.

Leila sagt, mein Selbstwertgefühl wäre im Fall des Scheiterns nicht gefährdet, weil ich ja bloß teste, ob ich gerne vor Publikum tanze. Es spielt also keine Rolle, ob es mir gefällt oder nicht. So oder so nähere ich mich durch das Ausschlussverfahren dem an, was ich wirklich mag. Und vielleicht kommt mein Tanz ja gut an. Wen kümmert es? (Mich, ein bisschen.)

Wir klatschen für Dylan, dann wird mein Name aufgerufen und meine Musik setzt ein.

Als ich zur Bühne gehe, habe ich einen Knoten im Bauch. Nicht aus Nervosität. Das muss an den vielen Bohnen liegen. Ich habe den ganzen Tag gegen Blähungen angekämpft, aber beim Tanzen werden sie zwangsläufig entweichen.

Ich lege los und zuerst läuft es ganz gut. Leila und meine anderen Freunde klatschen unterstützend im Takt. Skyla und ihre Freundinnen kichern. *Die sind doch nur neidisch*, denke ich, *weil sie nicht wissen, wo sie ihre blöde Modenschau veranstalten sollen.*

Jetzt, wo ich nicht mehr sitze, beginnt es in meinem Bauch zu rumoren und er **verkrampft** sich immer mehr. Ich tanze sowieso nicht besonders gut, aber hin und wieder muss ich innehalten und eine Hand auf den Bauch legen. Das sieht wohl **bescheuert** aus, denn ich ernte Gelächter.

Skyla fängt an, dann fallen Natasha und Aiysha ein, und schon verbreitet es sich wie ein Lauffeuer. Bald lachen auch meine Freunde mit, und sogar Leila scheint sich über mein Verhalten zu **amüsieren**. Immerhin klatschen sie weiter im Takt.

Ich halte wieder inne und **stöhne vor Schmerzen**, was zu **noch mehr Gelächter** führt. Jetzt wirkt selbst Mrs. Grayson belustigt. Meine einzige Hoffnung ist, dass sie denken, es gehöre zur **Choreo**. Dann mache ich erneut eine Pause, der Schmerz vergeht und ich kann meinen Lokomotiv-Tanz wieder aufnehmen. Der nächste Krampf, Pause, weitermachen. Ich glaube, ich muss bald ganz dringend aufs Klo.

Endlich ist der Song vorbei und ich schleppe mich unter großem Applaus von der Bühne.

»Hope Crumble, das war ein großartiger Tanz!«,

sagt Mrs. Grayson.

»Äh, ja, sollte *witzig* sein«, behaupte ich.

»Das war es auch. Schön, wer ist jetzt dran?« Sie wirft einen Blick auf ihre Namensliste.

»Dank der ganzen Pausen hast du ausgesehen wie ein *verrücktes Eichhörnchen*«, lässt Leila mich wissen. »Wieso setzt du dich nicht wieder hin?«

»Miss, darf ich bitte zur Toilette?«, rufe ich aus schierer *Not* mit erhobener Hand. Um mich herum wird gekichert.

»Ja, geh ruhig.« Mrs. Grayson blickt kurz hoch, dann wieder auf die Liste, und entlässt mich mit einer beiläufigen Handbewegung.

Ich renne aus der Aula und hoffe, dass ich mir unterwegs nicht *in die Hose mache*.

»Alle bitte zuhören«, beginnt Mum die *Familienversammlung*. Auf der Tafel steht »*Bohnenbilanz*« ohne jegliche Ausrufezeichen, darum dürfte es heute nicht so dramatisch werden. (Außer noch jemand hätte wie ich von den Bohnen *Durchfall* bekommen.)

Dad schreibt ein paar Zahlen darunter, die er von einem Blatt abliest. »189 Dosen verbraucht, 811 übrig.«

»Waaaaaas?« Connor klingt enttäuscht. »Wir haben noch nicht einmal 20 Prozent geschafft?«

»Vom Profit her sieht die Lage noch düsterer aus«, sagt Mum. »Wir haben einige Dosen für die misslungenen Gebäckversuche verbraucht und damit nichts verdient.«

»Aber wir sind immerhin bei fast 20 Prozent«, versucht Dad, uns alle positiv zu stimmen. »Wir sind auf einem guten Weg. Es geht aufwärts.«

»Oder abwärts – im Klo«, sage ich.

Stacey kichert.

»Zu viel Information«, bemerkt Connor.

Meine Eltern ignorieren mich und fahren mit der Versammlung fort.

Mum zählt ein paar nüchterne Fakten auf. Omas Rosmarin-Knoblauch-Bohnen-Brot ist ein

großer Erfolg

– wir applaudieren spontan. Mum sagt zwar, dass die misslungenen Versuche die Profitmarge ein wenig geschmälert hätten – aber meiner Ansicht nach lag das nur daran, dass anfangs niemand auf Oma gehört hat.

Auch der Eintopf ist sehr beliebt, wobei einige Leute Sachen sagten wie: »Am Donnerstag hat er besser geschmeckt.« Aber da er jedes Mal ein bisschen anders ist, lässt sich das nicht vermeiden.

Mum möchte den Eintopf unbedingt mit Rosmarin-

Knoblauch-Bohnen-Brot anbieten anstelle von Omas frisch gebackenen Brötchen. So können wir noch mehr Bohnen auf einmal loswerden.

»Aber wäre das nicht zu viel der Bohnen?«, gibt Dad zu bedenken.

»Das finden wir heraus, indem wir es ausprobieren«, meint Mum.

»Vielleicht könnten wir das als Teil meines **Männermenüs** anbieten?«, schlägt Connor vor.

»Du hast kein Männermenü«, sagt Mum. »Du hast ein Toastie.«

»Und Nachos«, stellt Connor richtig.

»Und was ist der Slogan?«, fragt Stacey. *»Männer, haut euch Bohnen rein?«*

Connor schüttelt den Kopf. »Eher etwas wie: **Seid ihr der Bohnenchallenge gewachsen?**«

»Hmm.« Dad scheint das ernsthaft in Erwägung zu ziehen.

Mum sieht Dad an – ungläubig oder enttäuscht, das lässt sich nicht genau sagen. Dann wendet sie sich wieder Connor zu.

»Nein, Connor«, sagt sie. »Der Eintopf und die Bohnentoasties sind besonders bei Rentnern und Männern mittleren Alters beliebt sowie bei Frauen jeder Altersgruppe. Zu uns kommt nicht die Zielgruppe, die dir vorzuschweben scheint. Bodybuilder … oder, hm, Fußballprofis und so.« Sie fuchtelt mit den Händen. »In der Nähe gibt es nicht mal ein Fitnessstudio.«

»Aber ein Pokémon Gym«, sage ich. Keiner achtet auf mich.

»Mir gefällt die Idee mit einer **Bohnenchallenge**«, sagt Dad.

»Das kann nicht dein Ernst sein.« Mum wirkt verdattert.

»Es könnte **witzig** werden.« Dad zuckt mit den Schultern.

»Warte mal«, sage ich. »Schlägst du tatsächlich die Baked-Beans-Version eines Hotdog-Wettessens vor?«

»So würden wir schnell eine Menge Bohnen loswerden«, erklärt Dad.

»Ach wirklich?« In Staceys Stimme schwingt Abscheu mit. »Das klingt eher nach **ASMR-Fressvideos auf YouTube** als nach einer **kulinarischen Veranstaltung**. Wer würde sich das überhaupt antun?«

»Machos«, erwidert Connor.

»Könntest du endlich aufhören, **in Schubladen zu denken?**«, sagt Stacey. »An einem Wettessen – egal wie abstoßend – sollte jeder teilnehmen können.«

»Und genau **da** liegt das Problem dieser Idee«, werfe ich ein. »Es gibt nicht genug Menschen, die so verrückt nach Bohnen sind.«

»Es stehen noch weitere Punkte auf der Tagesordnung«, mahnt Mum. »Wir haben für diesen Unfug keine Zeit.«

»Ich finde ja nur, dass man ausführlich darüber nachdenken sollte«, beharrt Dad.

»Es ist völlig **irre**«, gibt Mum zurück.

»Ja«, stimme ich zu, und mir wird bewusst: »Dann würde es prima zu uns passen«.

Dad und Stacey kichern.

»Also schön«, lenkt Mum ein. »Dann denkt darüber nach.«

»Danke, Tante Bren«, sagt Connor.

Rita tätschelt ihm das Knie, dabei hat sie garantiert nicht mitbekommen, worum es überhaupt geht.

»Nächster Punkt«, fährt Mum fort. »Ich habe ein Angebot für die Reparatur der Leitung im Obergeschoss, die im Moment provisorisch mit Kaugummi abgedichtet ist. **Deswegen** und wegen des Bohnenfiaskos – das ja wirklich jedem hätte passieren können – sind wir etwas **knapp bei Kasse**. Das wäre an sich kein **allzu großes** Problem, wenn wir nicht noch etwas angeschlagen wären wegen des schlechten Quartals vor dem besseren Quartal. Ich bin also offen für Vorschläge, wie wir den

Profit steigern

könnten. Zusätzlich zu den **Caroons**, **Poesie-Abenden** und gelegentlichen **Theateraufführungen**.« (Stacey hat angefangen, ein neues Einpersonenstück zu schreiben, bei dem sie ihre geliebten Hauben tragen kann.)

»Müssen wir die Leitung unbedingt diesen Monat reparieren lassen?«, fragt Dad Mum.

»Ich musste den Kaugummi schon einige Male auswechseln«, antwortet sie.

»Kaum zu fassen, wo Kaugummi doch so narrensicher ist«, scherze ich.

»Das ist nicht witzig, Hope«, sagt Stacey. »Jedes Mal, wenn die Leitung undicht wird, bekommt mein Zimmer das Wasser ab.«

Mum erkundigt sich: »Hope, wie kommt Skyla bei der Suche nach einem neuen Veranstaltungsort für ihre **Benefiz-Modenschau** voran?«

»**Überhaupt nicht**«, antworte ich vergnügt. »Sie möchte die Schüler aus der Neunten einladen und nur sehr wenige Anbieter in der Stadt sind erpicht auf eine Teenagerparty. Anscheinend **steigen** die Versicherungsbeiträge, weil Teenager für ihre Zerstörungswut berüchtigt sind. Kurzum: Niemand will sie.« Ich grinse breit, aber Mum freut sich nicht mit mir über Skylas Pech.

»Interessant«, sagt sie in neutralem Ton. Das gefällt mir überhaupt nicht.

»Mum«, sage ich, »sie hat keinen Ort gefunden, weil niemand **leichtsinnig** oder **verzweifelt** genug ist, um für so ein albernes Unterfangen sein Hab und Gut aufs Spiel zu setzen.« Ich halte besorgt inne. »*Wir auch nicht*, oder?« (Ich fühle mich wie eine lebende Version des Anakin-Skywalker-Memes.) »Wir auch nicht, *oder?*«

»Nun ja«, meint Mum.

»Mum, das kann doch nicht **dein Ernst** sein!«, rufe ich aus.

»Wir müssen jede erdenkliche Möglichkeit in Betracht ziehen, um **Einnahmen** zu erzielen.«

»Von mir aus«, sage ich. »Dann lass Connor sein seltsames, geschlechtsneutrales

Macho-Bohnenwettessen

veranstalten.«

»Dafür fällt mir auf jeden Fall ein besserer Titel ein«, schnaubt Connor.

»Ich sage nicht, dass wir es machen«, erklärt Mum. »Ich sage nur, dass wir alles gründlich erwägen und das große Ganze **im Auge behalten** sollten.«

Connor sieht mich an und meint wichtigtuerisch: »So ist es, du musst wirklich das große Ganze im Auge behalten.«

Ich hatte noch nie so viel Lust, ihm eine reinzuhauen.

»Ach ja, Connor?«, frage ich sarkastisch. »Das ist ja eine **starke** Aussage von jemandem, der so tut, als würde seine kleine Schwester nicht **existieren**.«

»Hey«, sagt Connor eingeschnappt.

Und wo ich schon dabei bin, ihn in die Schranken zu weisen, füge ich hinzu: »Und überhaupt spielst du dich in der Angelegenheit viel zu sehr als **großer Caesar** auf.«

»Ach, *tue ich das?*« Connor klingt verärgert und versucht, mich mit meiner eigenen Waffe – Sarkasmus – zu schlagen. »Nun, von diesem **Businessguru** habe ich noch nie gehört, also kann er nicht **allzu** bedeutend sein.«

»Du hast noch nie von *Julius Caesar* gehört? Und du denkst, damit könntest du **mich** beleidigen?«

»Ach so, *Julius* Caesar.« Connor klingt zusehends genervt. »Hope, du musst dich beruhigen. Vielleicht solltest du nach draußen gehen und einen Baum umarmen oder so.«

»Wie bitte?«

So eine Frechheit!

»Wenn jemand nach draußen gehen und einen Baum umarmen sollte, dann bist du das!«

»Nein, du musst einen Baum umarmen«, sagt Connor.

»*Du* musst einen Baum umarmen!«, kreische ich.

»*Du* gehst jetzt einen Baum umarmen.«

»*Du* hast es viel nötiger, einen Baum zu umarmen.«

»**Ruhe, ihr zwei!**«, greift Mum ein. »Sonst gehe ich nach draußen, reiße einen Baum aus und verdresche euch damit.«

Stacey grinst. »Ich glaube, Mum sollte nach draußen gehen und einen Baum umarmen.«

»Schon gut, das reicht. Zurück zum Thema«, bestimmt Dad.

»**Pfff**«, mache ich.

Das ist doch echt **nicht zu fassen**. Skyla ist eine **Mobberin** und ich bin ihr bevorzugtes Opfer. Meine Familie **weiß** das. Ich kann nicht fassen, dass sie ernsthaft erwägen, Skylas dämliche Modenschau bei uns zu veranstalten. Andererseits ist das wieder mal total typisch. Sie treffen ihre Entscheidungen **für das große Ganze** und ich habe mich gefälligst zu **fügen**.

»Also, es ist entschieden«, sagt Mum. (Wusste ich's doch.) »Wir machen die Modenschau **nicht**.«

Wie, was?

»Ihr macht sie ... *nicht?*«, frage ich, um ganz sicher zu sein.

»Nein«, antwortet Mum. »Ich wollte nur eure Meinung dazu hören. Und du hast deine Gefühle deutlich zur Sprache gebracht. Wir respektieren **deinen Standpunkt**, Hope, und das werden wir auch weiterhin tun.«

»Wirklich?«

Ich bin total baff.

»Klar«, sagt Stacey. »Ich bin einverstanden. Es ist zwar **mein** Zimmer, das von der undichten Wasserleitung betroffen ist, aber ich stelle lieber Eimer auf, als deine Gefühle zu verletzen.«

»Und ich finde immer noch, dass du einen Baum umarmen solltest«, sagt Connor. »Aber auch für mich gilt: Einer für alle, alle für einen.«

Ich grinse. »Danke, D'Artagnan.«

»Wer?«, fragt Connor.

»Du hast ihn gerade zitiert. Der aus den drei Musketieren. Von Alexandre Dumas. Na egal, danke. Du solltest vielleicht mehr lesen.«

»Und du solltest vielleicht einen Baum umarmen«, sagt Connor.

»Danke jedenfalls.«

Was soll diese neue Familienagenda?

Sei ein Kind.
Fühl dich frei.

Falls es umgekehrte Psychologie ist, dann funktioniert sie. Jedes Mal, wenn ich mich frei fühle, fangen sie mich wieder ein. Wie in einem Mafiafilm, den ich in meinem Alter noch gar nicht sehen dürfte. Aber vielleicht geht es mir gar nicht so sehr um Freiheit, sondern darum, **mitentscheiden** zu dürfen. Und es macht mir nichts aus zu helfen, solange es **gewürdigt** wird.

8. Kapitel

Am nächsten Tag nach der Schule sitze ich an meinem Hausaufgabentisch und probiere **leckeres** Bohnenmus mit Tortillachips. Dabei bekomme ich das Gefühl, dass Stacey etwas im Schilde führt. Sie sieht immer wieder auf ihre Armbanduhr und dann in meine Richtung.

Als Oma Margery an meinen Tisch kommt, um mir eine weitere Portion zu bringen, erkläre ich begeistert: »Bohnenmus wird garantiert unser **beliebtestes** Gericht. Es schmeckt superlecker.«

Oma strahlt mich an. Sie braucht nicht zu wissen, dass es gar kein so großes Kompliment ist, weil die anderen Gerichte – ich sage nur: Bohnenquiche – nicht so der Bringer sind. Allenfalls der Eintopf könnte mit dem Bohnenmus mithalten. Es ist wirklich **köstlich**.

»Danke, Liebes. Es freut mich, dass mir etwas gelungen ist, das dir zusagt.«

Damit will sie bestimmt sagen, dass sie für niemanden so gern kocht wie für mich.

»Ich sollte die offizielle Vorkosterin werden, zumindest wenn Connor nicht hier ist und sich einmischt.«

Könnte das meine neue Rolle in der Familie sein? Nicht mehr die

geniale Problemlöserin,

sondern *Hope Crumble, unterschätzte elfjährige Zauberkünstlerin, Wortakrobatin und offizielle Testesserin.*

Ich könnte sein wie die Ratte Rémy aus *Ratatouille*, nur eben als Mensch. Nein, ich kann ja nicht kochen, dann bin ich eher wie Anton Ego, der gefürchtete Restaurantkritiker. Ja, das passt. Eine Feinschmecker-Zeichentrickfigur – toller Lebensentwurf. Ausgezeichnet. Zumindest kann ich das besser als tanzen.

»Wo ist Connor eigentlich?« Stacey kommt von dem Tisch herüber, den sie abgeräumt hat. »Sonst ist er um die Zeit doch längst hier.«

»Normalerweise schon«, erwidere ich. »Heute hat er ja kein Fußballtraining.«

»Und er kommt doch immer rechtzeitig, um vor der Schicht seine Hausaufgaben zu erledigen, oder?«

»Er fängt zumindest an, wird aber selten damit fertig«, sage ich.

Ich habe vor, möglichst viel Bohnenmus zu essen, bevor er es mir streitig macht. Ich habe nicht mehr viele Chips, darum lade ich möglichst viel drauf. »Warum interessiert dich das überhaupt?«, frage ich.

»Tut es doch gar nicht«, gibt Stacey rasch zurück, dann bringt sie die abgeräumten Teller in die Küche.

Schließlich betritt Connor das Café, lässt seine Tasche neben dem Tisch auf den Boden fallen, sagt wie üblich, ich solle Platz machen, und setzt sich. Er weist mit dem Kinn auf das Bohnenmus. »Was ist das?«

»Ähmmmm.« Ich überlege, ob ich schwindeln und behaupten soll, dass es eklig schmeckt, damit Connor nichts davon möchte, doch da stippt er schon einen Finger rein, um zu probieren.

»Oh, das ist ja richtig lecker!«, verkündet er. Das war's dann. Connor zieht die Schale zu sich und taucht den Zeigefinger tief ein. Es kümmert ihn nicht, wie unhygienisch das ist. Das Bohnenmus gehört jetzt ihm allein.

Die Türglocke bimmelt. Als ich aufsehe, steht kein anderer als Onkel Alan im Eingang, wie beim letzten Mal mit der kleinen Iriye in einer Brusttrage. Stacey kommt wieder aus der Küche. Mum serviert jemandem einen Cappuccino und sieht auf. Die Szenerie erinnert mich an ein Cowboyduell, bei dem alle wie erstarrt dastehen. Connor erhebt sich von seinem Stuhl, in der Hand immer noch die Schale mit Bohnenmus.

»Seht mal.« Stacey geht um mich und Connor herum und winkt Onkel Alan heran. »Hi, Onkel Alan. Äh, Hope wollte mir gerade bei etwas helfen, stimmt's, Hope?« Sie tippt mir auf die Schulter. »Onkel Alan, komm doch her.«

Alan nähert sich und dann stehen er und Connor sich gegenüber. Connor hält immer noch die Schale, sein Zeigefinger und ein Teil seiner Hand sind mit Bohnenmus verschmiert.

»Connor hat ein bisschen Zeit, bevor seine Schicht beginnt«, sagt Stacey. »Vielleicht wollt ihr ja miteinander reden. Komm, Hope.« Sie tippt mir noch einmal auf die Schulter. Ich schiebe meinen Stuhl zurück. Das **schabende Geräusch** klingt in dieser peinlichen Situation **besonders laut**.

»Schön, dich zu sehen«, sagt Alan zu Connor. »Ich würde wirklich gern mit dir reden.«

»**Kein Deal**!« Wieder einmal **stürmt** Connor aus dem Café, diesmal mit der Schale Bohnenmus.

»Nicht schon wieder«, murmelt Mum. Sie wirkt verärgert, weil jetzt ein Kellner fehlt, aber gleichzeitig tut ihr Connor offenbar leid.

Nachdem mein

Schreck

abgeebbt ist, denke ich mir, dass Connor immerhin ziemlich zufrieden sein dürfte, *Kein Deal* gesagt zu haben, wie ein richtiger **Firmenchef**.

Alan atmet hörbar aus. »Tut mir leid, ich gehe besser«, sagt er zu Stacey.

Mum verlässt den Tisch, an dem sie bedient hat, und kommt her. »Hallo, du süßes Baby!« Sie macht für Iriye gurrende Geräusche, dann richtet sie sich auf. »Alan, ich dachte, du wolltest Connor noch etwas mehr Zeit geben.«

»Ich weiß«, sagt Alan. »Ich dachte nur … ach, ich weiß nicht. Stacey meinte – aber dann … nun ja. Tut mir leid. Ich gehe wieder.«

»Aber nicht mit leeren Händen«, sagt Mum gezwungen

fröhlich. Sie dreht sich nach hinten, greift unter der Theke ein paar Bohnendosen (die sind immer noch so ziemlich überall) und reicht sie Alan, der sie widerstrebend entgegennimmt. »Ich verspreche, dass ich noch ein richtiges Geschenk besorge. Aber es ist doch praktisch, einfach eine Dose Bohnen zu öffnen, wenn man mit einem Neugeborenen keine Zeit zum Kochen hat, was?«

»Danke, Brenda.« Alan versucht, fröhlich zu winken, doch es misslingt und wirkt eher niedergeschlagen. Dann verlässt er das Café.

Mum starrt Stacey vorwurfsvoll an.

»Es ist nicht so, wie du denkst«, verteidigt die sich.

»Ich **denke**, dass du hinter meinem Rücken Alan auf Connor angesetzt hast«, sagt Mum.

»Ja, schon, mehr oder weniger, würde ich sagen«, lenkt Stacey ein. »Aber diesmal war es *vor* seiner Schicht. Das ist doch ein Fortschritt, oder?«

»Wirklich?«, sagt Mum. »Trotzdem fehlt uns jetzt ein Kellner.«

Oma kommt mit einer neuen Schale aus der Küche. »Ich habe noch Bohnenmus, falls Connor –« Sie bemerkt die schlechte Stimmung, stellt die Schale auf die Theke und zieht sich wieder in die Küche zurück. »Ich will euch nicht stören.«

»Ich bin Alan im Park begegnet«, erklärt Stacey. »Er erwähnte, dass dein Vorschlag, Connor noch etwas **Zeit zu geben**, alles ganz schön in die Länge zöge. Er wollte Connor aber nicht bei der Arbeit stören, also meinte ich, er könne *vor* der Schicht aufkreuzen und …« Sie verstummt unter Mums wütendem Blick.

»Ich spüre eine schlechte Schwingung.«

Tante Rita kommt mit großer Geste aus ihrer Orakelbude. »Ich fühle großes Ungemach über dem Raum schweben. Besonders hier.« Sie deutet auf Mum und Stacey. Dann sagt sie: »Oh, ist das Bohnenmus?«

Da die anderen nicht reagieren, antworte ich: »Äh, ja, ist es.«

»Wo ist mein Sohn? Wo ist Connor?« Sie sieht sich um.

»Gute Frage«, erwidert Mum süffisant. »Die da hat ihn vergrault.« Sie deutet mit dem Daumen seitwärts auf Stacey.

»Ich habe es gespürt!«, behauptet Rita. »Was ist passiert?«

Am liebsten würde ich sie fragen: *Hast du es wirklich gespürt? Und falls ja, warum musst du dann noch fragen?*

»Stacey hat sich bei Connor und Alan eingemischt und Alan **hinter meinem Rücken** eingeladen herzukommen«, erklärt Mum. »Jetzt ist Connor wieder abgehauen, direkt vor seiner Schicht.«

»Ach du je.« Rita stippt den Zeigefinger ins Bohnenmus und probiert davon. »Das ist ja richtig lecker.«

»Warum hast du das gemacht?«, wendet sich Mum an Stacey.

»Ich wollte nur, dass Connor Vernunft annimmt«, erwidert die. »Ständig dieses Gerede über **Sachen für Män-**

ner. Ich fürchte, er wird **total** sexistisch, wenn er keine stabile Vaterfigur hat, die ihm anständiges Verhalten als Mann vorlebt.«

»Ich glaube nicht, dass man ohne Vaterfigur **sexistisch** wird«, findet Mum.

»Aber schaden kann es nicht, eine zu haben«, widerspricht Stacey.

»Der Kerl vergiftet doch alles, was er anfasst«, sagt Rita überheblich, während sie noch mehr Bohnenmus nascht.

»Hör auf, so zu reden, Rita«, schimpft Mum. »Du bist Teil des Problems. Du musst aufhören, Alan bei jeder Gelegenheit schlechtzureden. **Besonders** in Connors Gegenwart. *Du* bist es, die ihn **vergiftet** und ihm keine Chance lässt, zu heilen.«

»Ach, so ist das«, schnaubt Rita. »Wir sollen also eine ungeplante Schwangerschaft einfach so hinnehmen?«

»Ganz richtig«, sagt Mum. »Das sollten wir tun. Wir

trauern unseren Verlusten nach

und wir

feiern das Gute.

Wir kümmern uns um die Menschen, die wir **lieben**, springen über unseren Schatten und tun, was für sie das Beste ist.«

»Wobei wir unsere eigenen Grenzen respektieren«, ergänzt Stacey.

»Was sage ich immer?«, fragt Mum.

»Ihr glaubt nicht, wie teuer Eier geworden sind. Wir sollten vielleicht eigene Hühner halten«, antworte ich zum Spaß.

Stacey kichert, obwohl Mum genervt wirkt.

»Nein.« Mum verdreht die Augen.

»Hat jemand gehört, wie mein Knie gerade geknackt hat? So ist das, wenn man älter wird.«

»Nein«, sagt Mum bestimmt. »Die Familie kommt fast immer an erster Stelle.«

»Wir brauchen unbedingt ein besseres Motto«, bemerke ich.

»Rita«, sagt Mum ernst. »Das Baby ist ein **Segen** und hat deine **Feindseligkeit** nicht verdient. Und Connor braucht seinen Vater.«

Rita denkt einen Augenblick nach, dann seufzt sie vernehmlich. »Alan war **meine große Liebe**«, sagt sie traurig. »Ich weiß, dass ich einen Keil zwischen uns getrieben habe, als ich begann, Sojabohnen für mein eigenes Nattō zu fermentieren. Und natürlich habe ich nicht verstanden, warum es ihm so wichtig war, für Triathlons zu trainieren. Wir haben uns einfach auseinandergelebt. Aber dann hat er ein neues Leben begonnen und **im Handumdrehen** eine neue Familie gegründet. Es hat sich angefühlt, als würden sie mir damit eins auswischen.«

Mum legt Rita sanft eine Hand auf den Arm. »Aber du weißt, dass es nicht so ist, oder? Niemand will dir eins auswischen.«

»Oh doch«, beharrt Rita. »Es ist, als würden sie sagen: *Ha ha, schau mal, was wir für eine tolle neue Familie haben. Weg mit dem alten Leben, her mit dem neuen. Ha ha ha ha.*«

»Vielleicht wäre eine Therapie kein Fehler.« Stacey legt eine Hand auf Ritas anderen Arm und fügt an Mum gerichtet hinzu: »Zusätzlich zu den Sachen, die du gesagt hast … das Gute im Leben würdigen und so.«

»Danke, ihr zwei«, sagt Rita. »Sehr lieb von euch. Ich werde

die Geister befragen

und mal hören, wie die über eine Therapie denken.«

»Tu das«, sagt Mum.

Rita verschwindet in ihrer Orakelbude.

»So, ich gehe dann.« Stacey will sich die Schürze ausziehen.

»Ich glaube nicht«, sagt Mum.

»Meine Schicht ist zu Ende«, erwidert Stacey. »Ich gehe zum Yoga.«

»Ich glaube nicht«, wiederholt Mum. »Du hast einen Kellner verscheucht, also wirst du seine Schicht übernehmen.«

»Oh, Muuum!« Stacey verdreht die Augen wie ein Teenager, dabei ist sie neunzehn und keine dreizehn.

»Ach, jetzt ist es dir plötzlich wichtig«, sagt Mum. »Jetzt, wo du dein Yoga verpasst. Dann **hintergeh mich nicht** noch mal.«

»Ich habe dich **nicht hintergangen**«, widerspricht Stacey.

»Du wirst es bestimmt kein zweites Mal tun«, sagt Mum. »Hope, was stehst du immer noch hier? Geh und mach deine Hausaufgaben.«

Also kehre ich an den Tisch zurück und hole meine restlichen Bücher heraus.

Ich frage mich, ob Connor seinen Dad und seine kleine Schwester nie mehr sehen möchte, oder ob einer seiner angehimmelten Geschäftsgurus ihm in dieser Sache als Vorbild dienen könnte. Was würde Jeff Bezos an seiner Stelle tun?

9. Kapitel

»Ehrlich, Leila, bei uns zu Hause geht es im Moment zu wie in einer Seifenoper. Aber die Handlung ist so traurig, dass ich heulen könnte.« Wir sitzen bei ihr auf dem Sofa, futtern Popcorn und schauen YouTube-Videos auf ihrem großen TV-Bildschirm.

»Wie in einer dieser Soap-Folgen, in denen jemand stirbt?«, überlegt Leila. »Und die sie dann an Weihnachten senden.«

Wir kichern. »Warum eigentlich?«, frage ich.

Leila zuckt mit den Schultern. »Vermutlich wegen der Einschaltquoten.«

Es ist Samstag und ich werde bei ihr übernachten. Das ist toll, weil es bestimmt Pizza gibt, *keine* Bohnen.

»Ich habe es mir übrigens anders überlegt«, sagt Leila verschmitzt. »Ich habe keine Lust mehr auf Pizza. Wie wäre es mit Bohnen auf Toast?«

»Bloß nicht!«, rufe ich aus, ehe ich merke, dass sie mich veräppelt.

»Reingelegt!« Leila grinst. »Tut mir leid, Hope.«

»Das sollte es auch«, lasse ich sie wissen. »Du hast mich zu Tode erschreckt.«

Leila kichert. »Vergiss die Bohnen. Deine Familie hat

dich endlich von der Leine gelassen und du kannst dein Leben leben, ohne auf sie Rücksicht zu nehmen.«

»Wenn man davon absieht, dass ich ständig von Bohnendosen umzingelt bin«, sage ich.

»Ja, davon abgesehen«, räumt sie ein. »Also konzentrier dich zur Abwechslung auf dich selbst. Was möchtest du als Nächstes machen?«

»Ich weiß nicht«, gebe ich zu. »Weißt du noch, wie **optimistisch** ich vor dem Bohnendrama war?«

Sie nickt.

»Dieses Gefühl konnte ich noch nicht wiederbeleben. Ich erwarte ständig, dass etwas **schiefgeht** und ich hineingezogen werde.«

»Ignorier das Gefühl«, rät Leila. »Es wird Zeit, dass du etwas **tust**.«

»Aber was denn?«, frage ich.

»Keine Ahnung, Süße. Die Entscheidung kann ich dir nicht abnehmen.«

»Hmmmmm. Ich könnte mal schauen, ob es an der Schule eine AG gibt, die mir zusagt«, überlege ich. »Wäre das etwas Positives?«

»Vielleicht. Du musst nur etwas **Cooles** aussuchen, wie ich.« Leila grinst.

Ich lache. »Pfff.«

»Was soll ich sagen?« Leila wedelt mit der Hand. »Ich leuchte wie ein Diamant.«

»Nur dass du es weißt: Diamanten leuchten nicht wirklich. Sie brechen nur das einfallende Licht. Wenn schon, dann hast du eine harte, reflektierende Oberfläche wie ein Diamant, aber das ist nicht dasselbe.«

»Oho, alles klar.« Leila gibt sich beleidigt. »Jetzt kommen mir Zweifel, ob du an einer AG teilnehmen kannst.«

»Wieso?«

»Weil es keine gibt, die ›Unausstehliche Klugscheißer‹ heißt.« Sie deutet mit den Fingern eine Explosion an, um zu untermalen, was für ein Kracher diese Antwort war.

Ich reagiere gar nicht darauf. »Ah, okay, dann werde ich mich für Korbball anmelden.«

»Ja, das kommt dem nahe«, meint Leila.

Sie drückt auf die Fernbedienung und startet das nächste Video. Dann spielen wir auf ihrem Nintendo Switch *Sing-Star*, *Mario Kart* und *Minecraft*. Zuletzt essen wir Pizza und Süßigkeiten und haben einfach jede Menge Spaß.

*

Als ich nach Hause komme, fühle ich mich endlich wieder gut. Das Café ist sonntagnachmittags geschlossen, alles ist ruhig. Doch auf dem Weg nach oben merke ich, dass es nicht so ruhig ist, wie ich dachte. Ein

seltsames Plätschern
und Rufe

sind zu hören.

»Dreh es ab, dreh es ab!«, schreit Mum. »Nein. In die andere Richtung!«

»So herum?«, höre ich Dad fragen.

»Ja, besser«, ruft Stacey. »Es lässt nach. Jetzt hat es aufgehört.«

»Gut, aber das Leck ist deutlich größer als vorher«, sagt Dad, als ich die Wohnung betrete. »Wie groß ist der Schaden?«

»Nun«, antwortet Stacey. »Er ist unheimlich –« (sie erblickt mich) – »gut zu managen.«

Mum und Dad drehen sich um und sehen mich.

»Hallo, Leute«, sage ich in die Runde. »Der Leitungsschaden ist also schlimmer geworden?«

»Ähm, ja«, gibt Mum zu. »Hallo, Hope, Liebes. Wie geht es Leila?«

»Prima.« Ich blicke unsicher zwischen den dreien hin und her. »Also, das Leck ist jetzt ein **echt großes Problem**, oder?«

»Nein«, erwidert Stacey rasch, bevor Mum oder Dad antworten können. »Mach dir keine Gedanken, Hope. So schlimm ist es nicht. Ich konnte meine Hauben retten.«

Wie sie versucht, **tapfer** und **rücksichtsvoll** zu sein, macht mich **tief betroffen**.

Ich weiß, dass ich mich endlich auf mich selbst konzentrieren wollte. Aber ich habe ja vor, bei der Korbball-AG mitzumachen, damit wäre das erledigt. Folglich habe ich die idealen Voraussetzungen, um meiner Familie mal wieder aus der Patsche zu helfen.

Keine Sorge, denke ich, während ich zusehe, wie Stacey ihre durchnässte Kleidung zum Trocknen in der ganzen Wohnung verteilt:

Ich habe einen Plan.

10. Kapitel

Am Montag bringe ich es nicht übers Herz, Leila von meinem Plan zu erzählen. Soll sie uns ruhig bei all den AGs anmelden, die wir ausprobieren wollen.

Erst in der Mittagspause fasse ich mir ein Herz. »Leila, ich muss dir etwas sagen, aber bitte vergiss nicht, dass du meine

beste Freundin

bist. Verurteile mich nicht.«

»Du brauchst der Basketball-AG nicht beizutreten«, sagt Leila. »Ich weiß, dass dir Mr. Marks nicht geheuer ist.«

»Darum geht es nicht. Aber ehrlich, warum ist Mr. Marks immer **so laut**? Nein, also die Sache ist die … schau mal, ich würde vielleicht … äh, Skyla anbieten, ihre dämliche Modenschau im Café meiner Eltern zu machen.« Ich zucke zusammen, weil Leila bestimmt enttäuscht sein wird. Als sie nichts sagt, öffne ich die Augen und sehe sie an.

»Na schön«, sagt sie ruhig. »Ich verurteile dich. Ich liebe dich, aber das kann ich nicht einfach hinnehmen. Was ist los, Schätzchen? Warum stehst du deinem eigenen **Glück** immer im Weg?«

»Eine Wasserleitung ist gebrochen«, erkläre ich. »Wir brauchen Geld für diesen

Notfall,

aber wir haben alles in Bohnen investiert.«

»Was veranstaltet deine Familie bloß für einen Zirkus mit den Bohnen?«, fragt Leila.

»Wenn es wenigstens **magische** Bohnen wären wie in *Hans und die Bohnenranke.* Aber wir haben nur super preisgünstige Baked Beans einer No-Name-Marke.«

»Ich fürchte, du machst einen **großen Fehler**«, findet Leila. »Du kannst doch nichts dafür. Das hat sogar deine Familie gesagt. Und es gibt andere Möglichkeiten, Geld zu verdienen. Ich glaube, du suchst nur nach Ausreden, weil du dich nicht weiterentwickeln und auf dich selbst besinnen willst. Du magst diese Ausreden. Neue Sachen auszuprobieren und dabei womöglich zu scheitern, kann einem **Angst machen**. Du hast dich an deine drögen Routinen gewöhnt und daran, all deine Probleme auf deine **verrückte** Familie zu schieben.«

»Puh, das tut weh«, erwidere ich. »Aber wie auch immer, ich komme mit dem schlechten Gewissen nicht klar. Ich kann nichts dafür, dass ich ein People Pleaser bin.«

»Das ist kein gutes **Persönlichkeitsmerkmal**. Opfertypen gibt es genug auf der Welt«, sagt Leila.

»People Pleaser klingt für mich besser als Opfertyp«, wende ich ein.

»Ist aber das Gleiche. Außerdem stoßen People Pleaser meiner Erfahrung nach irgendwann an ihre

Grenzen

und drehen dann richtig durch. So wie meine Tante Esther, die Onkel Babaks Schuppen samt seiner Modelleisenbahn in Brand gesetzt hat.«

»Danke für die Warnung, aber ich mache es trotzdem«, lasse ich sie wissen. »Außerdem bin ich nicht nur ein Opfer. Wir müssen Bohnen verkaufen und Skyla bringt vierzig Gäste mit, denen wir sie potenziell servieren können. Ich tue es für das **große Ganze**, die Familie kommt fast immer an erster Stelle, und uns steht das Wasser bis zum Hals.«

»Na schön«, lenkt Leila ein und hebt eine Hand. »Aber eure Versicherungsprämie wird durch die Decke gehen. Wie meine Tante Esther.«

»Gut, dann bringe ich es jetzt hinter mich.«

Ich gehe zu Skyla hinüber und spreche sie an. »Ich weiß, dass ihr noch keinen Veranstaltungsort gefunden habt.«

»Wie wäre es erst mal mit einer Begrüßung?«, tut Skyla beleidigt.

»Du hast es gerade nötig«, gebe ich zurück.

»Keine Manieren«, sagt Skyla.

Ich ignoriere sie und fahre fort: »Du könntest unser Café nutzen. Falls du Interesse hast, komm einfach nach der Schule vorbei, um das zu besprechen.«

»Die Modenschau ist für Menschen, nicht für Kakerlaken«, höhnt Skyla.

»Hey, Skyla, das geht zu weit«, sagt Aiysha.

»Allerdings«, stimme ich zu. »Angebot zurückgezogen. Man sieht sich, Skyla.« Ich wende mich zum Gehen.

»Nein, warte. Tut mir leid. War doch nur ein Witz. Schon gut.« Skyla verdreht die Augen. »Ich werde darüber nachdenken.«

»Hey, wie aufregend!«, kreischt Natasha.

Ich kehre an unseren Tisch zurück und setze mich.

»**Kawummm!**« Leila deutet mit den Händen eine Explosion an, um zu illustrieren, wie ich bald in die Luft gehen werde.

»Ich schaffe das«, sage ich. »Ich kann mit jemandem, den ich hasse, einen professionellen Umgang pflegen.«

»Na klar doch.« Leila macht wieder ihre Explosionsgeste.

»Hi, Mum, ich habe gute Neuigkeiten«, sage ich, als ich nach der Schule ins Café komme. Die Türglocke bimmelt.

(Bohnenbilanz: 30 Prozent verbraucht, 70 Prozent übrig)

»Dreimal Bohneneintopf, einmal Macho Nachos«, nimmt Mum eine Bestellung entgegen. »Kommt sofort.« Vier Gäste verlassen die Theke und setzen sich an einen Tisch. »Hope, wie war's in der Schule?«

»Ich habe einen **Pakt mit dem Teufel** geschlossen«, verkünde ich.

»Ich dachte, es gäbe gute Neuigkeiten.«

»Ich war zwar dagegen, Skylas Modenschau bei uns abzuhalten, aber nun habe ich es möglich gemacht.«

»*Im Ernst?*« Stacey kommt mit zwei Tellern Bohnen-Cottage-Pie vorbei. »Hope, das hättest du nicht tun müssen, das weißt du doch.« Sie serviert die Teller.

In dem Moment bimmelt die Glocke erneut und Skyla betritt das Café. Mir fällt auf, dass sie ihre Clique – Natasha und Aiysha – nicht dabei hat. Ist das mutig von ihr? Oder will sie keine Zeugen haben, falls sie später eine andere Version der Geschehnisse erzählen möchte?

Skyla geht zur Theke. »Guten Tag. Sind Sie Mrs. Crumble?«, spricht sie Mum an.

»Hallo, Skyla«, begrüßt Mum sie. »Wir haben uns doch schon oft gesehen. Du warst auf einigen Geburtstagsfeiern im Café.«

Ob Mum sich insbesondere an die erinnert, bei der Skyla ihr Eselsschwanzspiel *lächerlich* genannt hat? Oder die, bei der Skyla Mum ermahnte, einer Gruppe Achtjähriger keine scharfen Messer zu geben, um Pappkartons zu öffnen (wobei sie nicht ganz unrecht hatte). Oder die, bei der Skylas Mutter eine Bezahlung anbot, damit Skyla die Kerzen auf dem Kuchen auspusten durfte.

Skyla setzt ein falsches, zuckersüßes Lächeln auf. »Ich kann mich doch nicht an jeden erinnern, dem ich begegne.«

»So so«, sagt Mum trocken. »Das muss ja ein aufregendes Leben sein. Aber meine Tochter Hope kennst du sicher.« Sie deutet auf mich.

Stacey stellt ihr Tablett ab und postiert sich schützend neben mir. »Hope hatte kürzlich ein Problem mit einer **fiesen Mobberin.**«

»Tja, an der Beanfore herrschen raue Sitten«, sagt Skyla leichthin. »Bist du nicht das **seltsame** Mädchen, das manchmal Hauben getragen hat, wenn sie Hope von der Grundschule abholte?«

»Ich bin Schauspielerin«, sagt Stacey und fügt mit Pathos hinzu: »Die ganze Welt ist eine Bühne und alle Frauen und Männer sind bloß Spieler.«

Denkt Stacey, dass sie mir Rückendeckung gibt, indem sie meiner **Mobberin** ein beliebiges Shakespeare-Zitat hinknallt?

Skyla starrt Stacey einen Augenblick an, dann heuchelt sie Begeisterung. »**Klasse.**«

Warum erinnert Stacey mich plötzlich an Tante Rita?

»Mrs. Crumble«, sagt Skyla. »Hätten Sie einen Moment Zeit, um mit mir etwas zu besprechen?«

»Warum nicht«, erwidert Mum. »Ich denke, Hope sollte dabei sein. Stacey, übernimm bitte die Theke.«

Stacey nickt.

»Hier drüben bitte.« Mum führt Skyla und mich an einen freien Tisch, wir setzen uns.

»Ich weiß nicht, ob Sie davon gehört haben«, sagt Skyla, »ich plane eine Benefiz-Modenschau.«

»Ja, ich glaube, das ist mir zu Ohren gekommen«, antwortet Mum.

»Gut. Es haben sich viele Teilnehmer angemeldet. Das

könnte wirklich toll werden. Doch die Schulaula wurde doppelt gebucht und –«

»Und alle haben Angst vor Teenagern, darum findest du keinen Veranstalter, der **verwegen** oder **verzweifelt** genug ist, dafür seine Erwerbsquelle aufs Spiel zu setzen?«, fragt Mum.

Skyla nickt.

Ich mache eine großspurige Armbewegung. »Café Chaos ist zur Stelle!«

»Das **Café Crumble** wäre auf keinen Fall meine erste Wahl gewesen«, sagt Skyla.

»Mit Schmeichelei bringt man es im Leben weit«, scherze ich.

Mum kichert unterdrückt.

»Glauben Sie, dass Sie das ausrichten könnten?«, fragt Skyla. »Es ist für einen **guten Zweck**.«

»Welchen guten Zweck?«, erkundigt sich Mum.

Skylas Imagepflege, denke ich, spreche es aber nicht aus.

»Ich glaube, etwas mit Pinguinen«, sagt Skyla. »Ich werde das nachschauen.«

»Also«, sagt Mum, »ich habe eine gute und eine schlechte Neuigkeit für dich.«

»Aha«, macht Skyla.

»Die gute ist, dass ich keine Angst vor Teenagern habe«, sagt Mum.

»Prima. Und die schlechte?«, fragt Skyla.

»Es gibt

Verhaltensregeln

und eine

Liste mit Bedingungen,

die erfüllt werden müssen, damit ich dir den Raum vermieten kann. Den Vertrag muss ein Erwachsener unterschreiben, ein Lehrer oder ein Elternteil. Falls du dazu bereit bist, können wir im Detail besprechen, wie das ablaufen soll. Und dann kannst du alles noch mal überdenken.«

»Oh ja, Mrs. Crumble! Das wird großartig. Ich bin auf jeden Fall zu allem bereit!«, freut sich Skyla. Vor lauter Aufregung vergisst sie komplett, dass das Café eigentlich völlig unter ihrer Würde ist. »Das wird die beste Party aller Zeiten, ein tolles Spektakel … äh … ich meine eine stilvolle Zusammenkunft, um Mode zu würdigen.«

»Wunderbar«, sagt Mum. »Komm morgen nach der Schule mit deiner Mutter her, dann können wir den Vertrag unterschreiben.«

Sie schütteln sich die Hände.

Na also. Wir alle können mit jemandem, den wir hassen, einen professionellen Umgang pflegen. Und überhaupt, wie schlimm kann das schon werden?

11. Kapitel

Puh, richtig schlimm, wie sich herausstellt.

Skyla denkt, ich wäre so etwas wie ihre Assistentin. Sie hat noch nicht mal den Vertrag unterzeichnet (weil sie noch keinen Erwachsenen gefunden hat, der dazu bereit wäre) und hält es für meine Aufgabe, zwischen ihr und meinen Eltern zu vermitteln.

Schlimmer noch, sie denkt, wir wären wahnsinnig erpicht auf die Veranstaltung, darum sollten wir nach ihrer Pfeife tanzen, »damit sie es sich nicht anders überlegt«. Dabei sind wir es doch, die ihr einen riesigen Gefallen tun!

Gleichzeitig möchte ich aber unbedingt, dass es klappt, damit wir den Klempner kommen lassen können. Also versuche ich, nicht zu viel Staub aufzuwirbeln.

Es ist kompliziert.

Aber nicht in Leilas Augen.

Sie wirft mir jetzt vor, ich sei süchtig nach Stress. Was lächerlich ist. Wenn schon, dann bin ich süchtig nach Chips.

Erfreulich ist, dass der Absatz von Bohnen im Café gut läuft. Das Bohnenmus ist der beliebteste Dip – sowohl bei den Gästen als auch bei mir (denn ich habe immer recht, außer wenn es darum geht, Skyla in den Griff zu bekommen).

Die Leute fragen nach dem Dip und wir müssen ständig nachproduzieren. »Zwanzig Minuten? In Ordnung, ich warte«, sagen sie dann. Der **Verkauf** hat also mächtig angezogen, jetzt sind schon 35 Prozent der Bohnen verbraucht. Vor zwei Tagen waren wir noch bei 30 Prozent.

Connor macht immer noch Rezeptvorschläge für **muskelbepackte Bodybuilder**, die sich bei uns nie sehen lassen. Wobei neulich tatsächlich zwei ziemlich sportliche Kerle aufgetaucht sind, die aber keines seiner Gerichte wollten, sondern Grillhähnchen, dampfgegartes Gemüse und Hafermilch-Latte.

Seit wir **Wahrsagerei** anbieten und **Kristalle** und sowas verkaufen, kommen wirklich mehr Gäste, die sich für Yoga und Spirituelles interessieren. Vielleicht ist die Überlegung, welche Zielgruppe man ansprechen möchte, gar nicht so dumm – und die Hoffnung, dass sie sich tatsächlich blicken lässt.

Als Leila und ich am Mittwoch nach der Mittagspause ins Klassenzimmer zurückkommen, sitzt Skyla mit Natasha und Aiysha an ihrem Tisch.

Sie sieht mich und sagt: »Ah, gut, du bist da, Hope. Notier dir: Idee für die Bühnenbeleuchtung …« Sie hält inne, als ich sie anstarre. »Du schreibst ja gar nicht mit.« Natasha und Aiysha kichern. »Hast du keinen Stift? Auf das Personal ist heutzutage kein Verlass mehr.«

»Skyla, du solltest deine Planungen meiner Mum mitteilen, wenn du den Vertrag unterschreibst«, sage ich so neutral wie möglich.

»Du bist keine große **Hilfe**«, findet Skyla. »Ich bin **sehr beschäftigt** und könnte es mir durchaus anders überlegen …«, fügt sie hochmütig hinzu.

Ich grüble, wie ich »Das brauchst du nicht« sagen kann, ohne dabei unterwürfig rüberzukommen. Da habe ich eine tolle Idee.

»Ach so, Skyla. Die Frist für die Buchung des Cafés ist sowieso fast verstrichen und deine Mum hat den Vertrag nicht unterschrieben. Dann hat sich das also erledigt.«

Skyla kneift die Augen zusammen. »Du bluffst doch«, fordert sie mich heraus. »Ihr **braucht** mich. Deine Familie **braucht** das Geld.«

»Wie du meinst«, sage ich unbeeindruckt. »Das werden wir ja sehen.«

Skyla wirft mir einen

finsteren Blick

zu. »Das werden wir.«

»Was war **das** denn?«, fragt Leila mich. »Hast du genug von ihren Faxen?« Sie deutet eine kleine Explosion an und grinst.

»Nein, alles bestens«, sage ich. »Ich habe meinen eigenen

raffinierten Plan.«

»Ich muss mit meiner Mum reden«, sage ich zu Leila, als wir nach der Schule ins **Café Crumble** gehen.

»Ich werde es ihr sagen«, erklärt Leila.

»Was willst du ihr sagen? Du kennst meinen **raffinierten Plan** doch gar nicht.«

»Ich muss ihr sagen, dass Skyla dich schlimmer **mobbt** als je zuvor. Sie soll die Sache abblasen, damit du nicht noch einmal diesen Spießrutenlauf über dich ergehen lassen musst.«

»Was? Nein, auf keinen Fall«, entgegne ich.

»Hallo, Mädchen!«, ruft Mum vergnügt, dann wendet sie sich an ihre Kundschaft. »Eine heiße Schokolade, ein Espresso, zwei pikante Käse-Bohnen-Scones. Kommt sofort.«

(Käse-Bohnen-Scones sind neu auf der Speisekarte. Sie schmecken ganz gut. Außerdem werden sie – seit heute Morgen – offiziell auf TikTok empfohlen.)

»Hi, Mrs. Crumble«, sagt Leila, während die Gäste zu ihrem Tisch gehen.

»Leila, ich habe dir schon so oft gesagt, dass du mich Brenda nennen sollst. Du gehörst schließlich zur Familie«, sagt Mum.

»Also dann, Tante Brenda, ich habe **schlechte Neuigkeiten.**«

Mum sieht zwischen uns hin und her. »Was ist los?«

»Sie müssen Skylas Modenschau absagen«, erklärt Leila. »Skyla **mobbt** Hope deswegen noch mehr als je zuvor.«

»Ach, nicht wirklich **mehr** als zuvor. Es war **schon immer** so schlimm«, räume ich ein.

»Ja, es ist ziemlich schlimm«, ergänzt Leila. »Sie versucht, Hope zu manipulieren, zu erniedrigen und herumzuscheuchen. Sie ist ein **schlechter Mensch**, Mrs. – Tante Brenda.«

»Verstehe«, sagt Mum. »Genau das habe ich befürchtet. Hope, deswegen unser ursprünglicher Entschluss, die Modenschau nicht auszurichten.«

Leila nickt. »Genau das habe ich auch gesagt.«

Stacey erhebt sich plötzlich wie ein Springteufel hinter der Theke, einen Lappen in der Hand.

»Hope«, sagt sie streng. »Genau aus dem Grund haben wir doch das Familienmotto geändert. Du sollst **auf keinen Fall** noch mal unseretwegen leiden.«

»Siehst du!«, sagt Leila.

»Ja, schon gut, regt euch ab.« Ich hebe beschwichtigend die Hand. »Ich habe nämlich einen **raffinierten Plan**.«

12. Kapitel

»Worum geht es?«, fragt Skylas Mutter Naomi. Ich, Mum, Skyla und ihre Mutter suchen einen Platz im Café und landen schließlich an einem Fenstertisch.

Nachdem ich meinen Plan erklärt habe, hat Mum beschlossen, direkt zum Angriff überzugehen und ein

Mode-Gipfeltreffen

abzuhalten.

Naomi erinnert mich an Paris Hilton. Sie trägt sogar einen maßgeschneiderten rosa Blazer mit passender Bluse.

»Es geht um meine Modenschau, Mum«, sagt Skyla.

»Das wird doch nicht allzu lange dauern, oder?«, fragt Naomi. »Ich habe in zwanzig Minuten einen Termin zum Dermaplaning.«

»Was ist Dermaplaning?«, will ich wissen.

»Eine Gesichtsbehandlung«, erklärt Skyla in einem Tonfall, als müsste ich das doch wissen.

»Schön«, beginnt Mum, als wir alle sitzen. »Ich möchte lediglich ein paar *Regeln* klarstellen, falls das Projekt fortgesetzt wird.«

»Das interessiert mich nicht«, sagt Naomi. »Die Regeln werden schon passen. Sie gelten ja für Skyla, nicht für mich. Ich muss wirklich bald los. In zehn Minuten beginnt mein Dermaplaning.«

Häh?, denke ich. Vor einer Sekunde waren es noch zwanzig Minuten. Haben wir einen

Zeitsprung

gemacht?

»Gut«, sagt Mum. »Da wir Ihre Unterschrift benötigen, möchten Sie vielleicht ein bisschen mehr darüber erfahren, was –«

»Nein, nein, das ist in Ordnung, ich unterschreibe«, sagt Naomi. »Ist das alles, was Sie von mir brauchen?«

»Möchten Sie den Vertrag denn nicht lesen?«, fragt Mum. »Sie wären für jeden **Schaden** haftbar.« Sie legt einen Stift und den Vertrag auf den Tisch.

»Ach, wir haben genug *Geld*.« Naomi zieht die Papiere zu sich hin. »In so einem kleinen Café kann ja nicht allzu viel kaputtgehen.« Wie zur Bestätigung, dass sie es sich leisten kann, mögliche Demolierungen zu bezahlen, sieht sie sich um. Sie unterschreibt den Vertrag, ohne ihn zu lesen, und schiebt ihn zurück zu Mum.

Skyla ist glücklich. »Danke, Mum.«

Naomi wendet sich an meine Mum. »Ist das alles, was Sie von mir brauchen?«

»Wir müssen noch die

durchgehen.«

»Dafür brauchen Sie mich doch gar nicht. Das können Sie mit Skyla machen.«

»Sie haben gerade unterschrieben, dass Sie sich an die Regeln halten und dafür sorgen werden, dass Skyla sie ebenfalls einhält«, sagt Mum. »Für einen **Vertragsbruch** gibt es eine **Konventionalstrafe.**«

»Ja, ja, das ist alles kein Problem – gut für Sie und Ihr kleines Unternehmen. Das verstehe ich völlig. Aber ich habe in zwei Minuten mein Dermaplaning.«

Und wieder haben wir einen Zeitsprung gemacht. *Wenn das so weitergeht, gibt es bald fliegende Autos.*

Mum steht auf. »Wenn es für Sie so **in Ordnung** ist, dann gehen Sie ruhig.«

Naomi erhebt sich eilig und schüttelt Mum die Hand.

»**Wunderbar**, vielen Dank«, sagt sie begeistert, dann wendet sie sich an Skyla. »Also, Skysky, sei ein braves Mädchen und tu alles, was Mrs. – wie war der Name gleich noch mal?«

»Crumble«, antwortet Mum.

»Es steht auf dem Schild über dem Café«, sage ich. *Und Sie und Mum haben sich in der Grundschule häufig genug gesehen.*

»Aber natürlich. Crumble. So ein **witziger** Name«, sagt Naomi. »Also, dann bis bald. Danke noch mal, dass Sie für meinen Zeitdruck Verständnis haben.« Und damit eilt sie aus dem Café.

Mum setzt sich wieder. »Also gut. Skyla, dann werde ich mit dir besprechen, wie du dich zu verhalten hast.«

Mum beginnt, die Regeln vorzulesen, die ich mit ihr gemeinsam aufgestellt habe. (Mein wunderschöner, **raffinierter** Plan!) Zum Beispiel: »**Respektloses Verhalten** jedweder Art den Mitarbeitern und Vertretern des **Café Crumble** gegenüber ist **nicht gestattet**.«

Ich lehne mich zufrieden zurück und strecke beiläufig die Arme. *Ganz recht, Skyla*, denke ich glücklich.

Respektlosigkeit ist nicht gestattet.

Das haben wir **schriftlich**.

»Mrs. Crumble«, hebt Skyla an und schaut zwischen mir und Mum hin und her. »Das ist alles schön und gut und sehr gründlich. Aber ich bin elf. Ich glaube nicht, dass ich Verhaltensregeln brauche.«

»Das könnte man meinen«, sagt Mum. »Und doch sind sie nötig.« Sie liest weiter vor: »**Respektlosigkeit** beinhaltet **Sarkasmus, Beleidigungen, Unhöflichkeit** –«

»Ich unterbreche Sie ja nur ungern, aber ich glaube, wir sollten jetzt endlich damit anfangen, über die Modenschau zu sprechen«, sagt Skyla.

»Liebend gerne«, erwidert Mum. »Leider müssen wir zuerst die Regeln durchgehen.«

»Ja, die müssen wir zuerst durchgehen«, wiederhole ich zufrieden.

»Also, ich glaube, meine Mum würde es nicht gutheißen, dass ich mir Ihre **Moralklauseln** von vorn bis hinten anhören muss«, murrt Skyla.

»Wenn dem so wäre, dann hätte sie nicht unterschreiben sollen, dass genau die Vertragsbestandteil sind. Hol sie am besten noch mal zurück, damit wir das mit ihr besprechen können.«

»Ich meine ja nur, dass meine Mum nicht wollen würde, dass Sie mir Vorschriften machen.«

»Hol sie!«, sagt Mum. »Bitte. Ich würde es bevorzugen, das mit ihr zu klären. Sie sollte bei deiner Aufsicht stärker miteinbezogen werden. Für Elfjährige kann es schwer sein, sich zu **bremsen**. Darum würde ich gern erklären, wie ich mir den Ablauf der Sache vorstelle.«

Skyla zuckt mit den Schultern und nickt.

Mum liest die Vertragsbedingungen weiter vor. »Bei Nichteinhaltung eines der oben genannten Punkte

erlischt der Vertrag.«

Skyla fährt hoch. »Augenblick mal. Was?«

Ha ha! Ja, genau, Skyla, du hast richtig gehört!, denke ich vergnügt.

»Wir behalten uns das Recht vor, die Veranstaltung jederzeit abzusagen, falls eine der oben genannten Regeln nicht eingehalten wird«, sagt Mum. »Woraufhin eine **Konventionalstrafe** fällig wird.«

»Kann ich den Vertrag kündigen?«, will Skyla wissen.

»Selbstverständlich, aber auch dann ist eine Konventionalstrafe zu entrichten.«

»Müssen Sie etwas zahlen, falls Sie absagen?«, fragt Skyla.

»Nein«, erwidert Mum.

»Wieso nicht?«

»Wir gehen ein Risiko ein«, erklärt Mum. »Du hast keinerlei Kosten. Skyla, du hast eine Vereinbarung getroffen. Wir werden X, Y und Z für dich machen und im Gegenzug erklärst du dich einverstanden, A, B und C für uns zu tun. Wenn du A, B oder C nicht erfüllst, dann ziehen wir X, Y und Z zurück.«

»Ich glaube nicht, dass das meiner Mum gefallen würde«, sagt Skyla.

»Aber sie hat es so unterzeichnet«, sagt Mum schlicht. »Vermutlich ist das eine wertvolle Lektion für dich. Man sollte einen Vertrag immer zuerst lesen, Skyla.«

»Na gut«, meint Skyla.

»Ja, immer zuerst den Vertrag lesen«, echoe ich gut gelaunt.

»Aber ich möchte nicht, dass es schon zu Anfang Missstimmung gibt«, sagt Mum. »Du weißt jetzt, was wir von dir erwarten – im Gegenzug für unsere Leistung. Nun darfst du entscheiden, ob das für dich in Ordnung ist. Falls du meinst, dass es dir allzu schwerfallen würde, höflich, ruhig und freundlich zu sein, dann zerreiße ich den Vertrag hier und jetzt. Und wir vergessen die Sache einfach.«

»Oh«, macht Skyla nachdenklich, fast schüchtern. »Ähm, ich denke, wir sollten auf jeden Fall weitermachen.«

»Ausgezeichnet«, sagt Mum.

Dann beginnen sie, über die Veranstaltung zu reden. Skyla hat viele Ideen. Sie möchte auf jeden Fall Caroons. Was für ein Triumph. Die kleine Skysky möchte *meine* Erfindung!

Mum hat Skyla völlig im Griff. Ja, sie ist eben ein Vollprofi. Außerdem ist sie erwachsen, da ist so was leicht. Ich hingegen habe keine natürliche Autorität und konnte Skyla nicht dazu zwingen, sich wie ein anständiger Mensch zu benehmen. Ich habe als Unterstützung nur mein Umfeld. Und das ist wankelmütig, besonders in der Schule. Aber jetzt habe ich einen Vertrag. Ich lache fies in mich hinein.

Muahahahaha!

»Du hast ein paar tolle Ideen, Skyla«, sagt Mum. »Sehr speziell. Wir können *einige* davon umsetzen. Außerdem würde ich gerne Käse-Bohnen-Scones aufnehmen. Oder bevorzugst du vielleicht mexikanisches Essen? Dann könnten wir die Nachos mit unseren verschiedenen Bohnendips anbieten sowie das Drei-Bohnen-Chili, das übrigens nur aus einer Sorte Bohnen besteht, aber dreimal so viel davon.«

»Äh, Mrs. Crumble, falls ich das sagen darf: Viele Ihrer Menüvorschläge beinhalten Bohnen.«

»Das stimmt«, sagt Mum. »Wir haben aktuell besonders günstige Bohnengerichte auf der Karte.«

»Ach so. Die Sache ist nur die, dass Bohnen an sich **nicht so** glamourös sind. Bitte verstehen Sie das nicht falsch – aber ich hätte gerne viel weniger Bohnen.«

»Wie viel weniger?«, fragt Mum.

»Bestenfalls überhaupt keine Bohnen. Die sind einfach **nicht geeignet** für meine Modenschau.«

»Ein Menü **ohne** Bohnen ist nicht möglich«, sagt Mum.

»Nicht?«

»Nein. Laut Vertrag müssen es mindestens **vier Bohnengerichte** oder **60 Prozent Bohnengerichte** sein, je nachdem, was mehr ist.«

»Das sind aber viele Bohnen«, sagt Skyla.

»Falls du dir Sorgen machst, dass sie nicht glamourös genug sind, kann ich dich beruhigen. Man muss sie nur raffiniert anrichten«, erklärt Mum. »Manchmal wirkt etwas edler, wenn man weniger davon serviert. Und dann kommt es darauf an, womit man es kombiniert. Wir könnten kleine Käse-Bohnen-Scones machen, dann sehen sie wie Fingerfood aus.«

»Ja, das klingt ganz okay«, findet Skyla.

Es ist faszinierend, wie Mum ihr das Gefühl gibt,

etwas entscheiden zu dürfen,

während sie die Bohnen immer wieder so ins Spiel bringt, dass Skyla sogar dankbar dafür ist.

Mum macht das ganz subtil, nicht so von oben herab, wie Connor es tun würde, weil er das für normales **Geschäfts-**

gebaren hält. Sie gestaltet es eher wie ein Gespräch auf Augenhöhe.

Außerdem hört Mum aktiv zu und versucht, auf Skylas Wünsche einzugehen, soweit das möglich ist. Ohne dabei aus den Augen zu verlieren, dass wir in erster Linie die Bohnen unter die Leute bringen müssen.

Nachdem Skyla ihre ganzen

»kreativen Brainstorming-Eingebungen«

darlegen durfte, wirkt sie sehr zufrieden.

Echt genial, wie Mum Skyla dazu gebracht hat, all die Bohnengerichte zu akzeptieren, wo sie doch zuerst strikt dagegen war.

Außerdem stellt Mum klar, dass alles Weitere über sie zu laufen hat. Ich denke, sie hat deutlich gemacht, was die Regel zum respektvollen Umgang für Skyla bedeutet: »Hör auf, meine Tochter zu mobben, sonst kannst du die Modenschau vergessen.«

Haha. Ich bin ein

Genie.

Was für ein

Erfolg.

Ich fühle mich **inspiriert**. Kann es sein, dass meine Familie mir zum ersten Mal etwas **Nützliches** beigebracht hat?

Ja, es fühlt sich wirklich so an, als hätte ich einen **bedeutenden Fortschritt** gemacht. Endlich weiß ich, wie ich für mich selbst einstehen kann. Ich bin wirklich nicht dafür verantwortlich, die Probleme meiner Familie zu lösen. Und doch habe ich sogar dabei **geholfen**, während ich gleichzeitig mein Problem mit Skyla in den Griff bekommen habe.

Mein **optimistischer Wolf** ist fit und satt und mein negativer Wolf hält ein Nickerchen.

Leila hat sich **Sorgen** gemacht, dass ich andere zu sehr auf mir herumtrampeln lasse. Tja, das ist vorbei! Ich bin kein Fußabtreter mehr, eher ein Garderobenständer. Ein richtig **nobler**. Einer, der nicht hinter Stapeln von Baked Beans verschwindet.

Es wird höchste Zeit, dass ich herausfinde, was ich wirklich will. Und das kann ich jetzt endlich in Angriff nehmen.

Ich, Hope Crumble – Zauberkünstlerin, Wortakrobatin und Optimistin –, bin drauf und dran, meine wahre Leidenschaft zu entdecken.

13. Kapitel

Am Samstag gehen Leila und ich zu ihr nach Hause, damit sie mich mit Beauty-Tipps **inspirieren** kann. Sie macht mir die Nägel schön.

»Willst du lieber Marienkäfer oder Glitzer?«, fragt Leila. Wir testen, ob das in mir etwas »entfacht« und ich plötzlich eine **Mode-Ikone** werden möchte wie sie.

»Äh, beides. Kannst du jede Hand anders machen?«

»Na klar, wieso nicht.«

Wir setzen uns an den Küchentisch und Leila macht sich an die Arbeit.

Die Marienkäfer sind witzig. Zuerst lackiert Leila die Fingernägel an einer Hand rot. Als der rote Lack getrocknet ist, malt sie Punkte und die anderen Details drauf. Sie verwendet dafür einen speziellen Pinsel mit ganz feiner Spitze.

An der anderen Hand lackiert sie die Nägel in einem glitzernden Blau und gibt auf jeden einen Klecks Spezialkleber. Darauf kommen kleine, glitzernde Glasdiamanten. Auch das sieht super aus. Ich fühle mich wie die Eisprinzessin Elsa, die Frost und Eis aus ihren Händen hervorschießen lassen kann.

»**Das finde ich toll**«, sage ich strahlend.

Leilas Mutter Sara kommt herein und geht zu einem

Topf, in dem etwas blubbert. »Mit solchen Nägeln darfst du nicht in die Schule, Schatz.«

»Keine Sorge, Mum, wir machen das nur zum Spaß«, meint Leila.

»Gut, gut.« Sara legt den Deckel wieder auf den Topf und geht.

»Du weißt, was das bedeutet.« Leila greift nach dem Nagellackentferner.

Ich grinse. »Ja, ich werde Handschuhe tragen.«

Die Liebe zur Mode an sich ist in mir nicht entfacht worden, aber mir gefallen die lackierten Fingernägel. Vielleicht wird es eine meiner Leidenschaften, sie vor kritischen Blicken zu schützen.

Am nächsten Tag entdecke ich, dass ich meine coolen Fingernägel hervorragend verbergen kann (bis zu einem gewissen Grad). Mum hat mir viel zu große Schulpullover gekauft (damit ich in sie hineinwachsen und sie so länger tragen kann), also brauche ich die Hände einfach nur in den Ärmeln zu verstecken. In den Pausen zeige ich die Nägel natürlich bei jeder Gelegenheit herum.

Nach dem Unterricht wollen wir die Korbball-AG bei einem Probetraining testen.

Bevor wir zur Mädchenumkleide gehen, legt Leila ihren im Unterricht verbotenen Schmuck wieder an. Die anderen Mädchen haben sich alle schon umgezogen. Da wir befürchten, zu spät dran zu sein, **beeilen** wir uns und ich vergesse meine Handschuhe.

Mrs. Scott, unsere Sportlehrerin und Korbballtrainerin, pfeift. Wir stellen uns in einer Reihe auf.

»Es geht los, Mädchen«, beginnt sie. »Wir haben zwei neue Anwärterinnen, Leila und Hope, die gerne – warte mal, trägst du Schmuck? Leila, wie viele Ohrringe hast du da eigentlich?«

Gerade noch hat sie uns willkommen geheißen und **jetzt** schimpft sie. Der Rest des Teams starrt uns **ungläubig** an.

»Und Ringe!« Dann sieht sie meine Hände. »Was in aller Welt ist das auf deinen Nägeln? Ihr könntet jemanden ernsthaft verletzen. Beim Korbball müssen die Fingernägel kurz sein. Das hier entspricht überhaupt nicht den Vorschriften.

Nicht im Geringsten.«

Wir dürfen trotzdem am Probetraining teilnehmen, aber zuerst müssen wir noch einmal zurück in die Umkleide, wo Leila ihren Schmuck ablegt und ich die Handschuhe überstreife.

Als wir zurückkommen, ist das Training schon halb vorbei.

»Ich bin nicht sicher, ob das zu uns passt«, sage ich hinterher zu Leila und sie stimmt mir zu. Außerdem kommt es mir so vor, als hätten wir uns dort unabsichtlich lauter **Feinde** gemacht. Wir möchten nicht deren Zeit verplempern, wo sie doch so darauf erpicht sind, zu **gewinnen**, während wir eigentlich nur **Spaß** haben wollen.

Aber wir haben unsere Lektion gelernt. Als wir am nächsten Tag zum Basketball-Training bei dem **furchterregenden** Mr. Reed erscheinen, haben wir kurze Fingernägel, tragen weder Schmuck noch Nagellack (ruhet in Frieden, modische Ambitionen), und unsere Haare sind ordentlich nach hinten gebunden.

Trotzdem werden wir ermahnt, weil Leila mit Lola darüber redet, wer wohl die Graffiti in den Mädchentoiletten im Erdgeschoss gesprüht hat. Und ich werde von einem Ball ins Gesicht getroffen, weil ich nicht richtig aufpasse. Mr. Reed bläst in seine Pfeife, weil wir »herumstehen wie eine Horde Minecraft-Zombies, die darauf wartet, dass ein Delfin Junge kriegt.«

Was für Vorstellungen hat Mr. Reed eigentlich von Minecraft? Hat er es nur erwähnt, weil er **cool** rüberkommen will? Oder spielt er eine **seltsame** Minecraft-Version, in der Delfine und Zombies die Welt beherrschen?

AGs zu testen, ist **anstrengend**. Aber ich bin immer noch optimistisch.

»Neue Sachen auszuprobieren, ist

anstrengend«,

sage ich am nächsten Tag in der Mittagspause zu Leila. »Es macht schon Spaß, aber … du weißt schon«, füge ich hinzu, damit sie merkt, dass ich ihr Engagement nach wie vor zu schätzen weiß.

»Ja«, stimmt Leila mir zu. »Um ehrlich zu sein: Wir haben uns ziemlich viel vorgenommen. Gleich zwei neue Sportarten – das ist eine Menge.«

»Gigantisch viel«, pflichte ich ihr bei. »Und dazu kommen ja noch die ganzen Hausaufgaben und so.«

»Aber es hat wirklich Spaß gemacht«, versichert Leila.

»Na klar«, stimme ich eilig zu.

»Vielleicht ist es wichtig, zwischendurch eine Pause einzulegen«, schlägt sie vor.

»Oh ja, Pausen sind enorm wichtig«, gebe ich ihr wieder recht. »Lass uns eine Pause machen und dann wieder loslegen.«

»Ja, wir legen wieder los, wenn wir uns davon erholt haben, das alles auszuprobieren«, bestätigt Leila. Wir grinsen und stoßen mit unseren Wassergläsern an.

»Stimmt es, dass du Sophies Arm verkürzt hast?«, fragt Abi G. mich am Ende der Mittagspause, als wir wieder an unseren Tischen im Klassenzimmer sitzen.

Ich sehe, wie Skyla zu uns herüberschielt, Natasha anstößt und die Augen verdreht.

»Ja, gewissermaßen«, antworte ich. Am Anfang des Schuljahrs wollte ich damit Sophie aufmuntern, weil sie solche Angst vor Mrs. Ellis, unserer (strengen) Erdkundelehrerin, hatte. »Also, es ist eigentlich ein Trick. Ich mache Zaubertricks. Einen meiner Kartentricks hast du ja gesehen.«

»Oh ja, der war gut. Hast du noch mehr davon?«

»Ich studiere gerade einen neuen Münzentrick ein.« (Wenn Connor nicht petzt, dass ich deswegen meine Hausaufgaben vernachlässige.)

»Kannst du den jetzt zeigen?«, fragt Abi.

Das kann ich tatsächlich, weil ich alles Nötige in der Schultasche habe, um zu üben, sobald ich heimkomme. »Klar.«

»Sie hat einen!«, ruft Abi G. quer durchs Klassenzimmer. Ein paar weitere Kinder versammeln sich um unseren Tisch.

Skyla verzieht das Gesicht. Natasha und Aiysha kichern, aber Skyla sagt tatsächlich nichts Gemeines. Mein Vertrag zeigt Wirkung.

Für den Trick benötige ich Münzen, zwei kleine Becher und einen Ring. Man braucht keine besondere Geschicklichkeit, es ist reine Täuschung.

»Okay«, sage ich, nachdem ich alles bereitgelegt habe. »Wie ihr seht, habe ich hier einen Stapel aus fünf Zehn-Pence-Münzen.« Alle nicken. »Den decke ich hiermit ab.« Ich stülpe einen Becher darüber. Daneben stelle ich den anderen Becher, ebenfalls mit der Öffnung nach unten. »Abi, unter welchem Becher ist das Geld?« Abi deutet auf den, mit dem ich gerade den Stapel abgedeckt habe. Ich hebe ihn an und darunter ist nichts.

»Wow«, sagt Abi. Ein Raunen geht durch die Zuschauer.

»Mit der Kraft der Magie habe ich das Geld bewegt.« Ich hebe den anderen Becher hoch und darunter kommt der Stapel Münzen zum Vorschein.

»**Cool**.«

Einige klatschen.

»Danke, danke, vielen Dank. Ich bin die ganze Woche hier«, scherze ich. Es wird gekichert.

»Ich weiß, wie du das gemacht hast«, behauptet Aziz.

»Ach wirklich?«

»Du hast die Becher so schnell vertauscht, dass wir es nicht gemerkt haben.«

Ich lache. »Nein, genau **so** habe ich es *nicht* gemacht. Soll ich es noch mal zeigen?«

Aziz nickt. »Und diesmal passe ich genau auf.«

Ich wiederhole den **Trick** zur allgemeinen Belustigung ganz langsam.

»Aziz, mein Herzblatt«, sage ich in dem Tonfall, in dem Magier der alten Schule oft mit Frauen gesprochen haben, »deute auf die Münzen.«

Aziz tut es und denkt, er hätte mich **durchschaut**, weil ich die Becher mit diesen langsamen Bewegungen nicht unbemerkt vertauschen konnte. Aber siehe da: Es ist mir **gelungen!**

Noch mehr Raunen, Gelächter und Applaus von meinen Zuschauern. Ich habe den Dreh jetzt raus.

»Du hast geschummelt«, behauptet Aziz.

»Ganz offensichtlich«, gebe ich zurück. »Es ist nämlich Magie.«

Einige lachen.

»Noch mal«, befiehlt Aziz.

Ich führe den Trick erneut vor. Diesmal wird Aziz bestimmt absichtlich den falschen Becher auswählen, weil er denkt, er könne mich damit austricksen. Also lege ich den Ring (der dafür sorgt, dass die Münzen aus ihrem Geheimfach hervorkommen oder darin verschwinden) unter den anderen.

»Freunde, Römer und Mitbürger, verehrte Kollegen«, sage ich. »Und du, Bursche.« Ich deute auf Aziz, einige lachen. »Was glaubst du, wo die Münzen sind?«

Diesmal deutet Aziz auf den Becher, unter dem die Münzen seiner Meinung nach nicht sein dürften, unter dem sie aber vorhin waren.

Ich hebe ihn an, die Münzen sind weg. Ich hebe den anderen hoch, und da sind sie.

»Toll!«

Noch mehr Raunen und Applaus.

»Ich weiß, dass du irgendetwas machst!«, sagt Aziz.

»Oh, ich bin aufgeflogen«, erwidere ich belustigt. »Ich habe wirklich etwas gemacht.« Meine Zuschauer lachen.

»Doch, er hat recht«, lasse ich sie wissen. »Das habe ich. Wie schön, dass jemand den Mut aufgebracht hat, mich zu entlarven.« Jetzt halten sich einige den Bauch vor Lachen. »Ihr solltet euch bei Aziz bedanken. Wer sonst nennt die Dinge beim Namen? Wenn Aziz in den Bus steigt, sagt er: ›Das ist ein Bus‹« – noch mehr Gelächter –, »und wenn Aziz in einen Apfel beißt, sagt er: ›Stellt euch vor, das ist tatsächlich ein Apfel‹« – einige kriegen sich schier nicht mehr ein vor Lachen – »Niemand kann ihm ein X für ein U vormachen«, beende ich meinen Vortrag unter Gelächter. Das fühlt sich klasse an.

»Hey, ist ja gut.« Aziz grinst jetzt ebenfalls. »Du musst mich nicht durch den Kakao ziehen.«

»Ich mache nur Witze«, versichere ich. Hoffentlich bin ich nicht zu weit gegangen, auch wenn Aziz lächelt. »Ein großer Applaus für Aziz!«, rufe ich in die Runde. Alle klatschen und johlen. »Und für seine Wissbegier«, füge ich hinzu – alle lachen.

Mein Blick fällt auf Natasha und Aiysha, die sich ebenfalls über meine Vorführung amüsieren. Nur Skyla scheint das alles überhaupt nicht lustig zu finden.

Es läutet zum Unterrichtsbeginn.

Später auf dem Heimweg meint Leila: »Du und Aziz könntet zusammen auftreten.«

»Oh ja«, bestätige ich. »Dabei habe ich eigentlich nur seinen Versuch kommentiert, mich auffliegen zu lassen, und alles geriet ein wenig außer Kontrolle.«

Leila kichert. »Ja, das hat er nicht kommen sehen.«

»Ich habe ihn mit meiner **Schlagfertigkeit** ganz schön alt aussehen lassen.«

»Schlagfertigkeit war schon immer deine Stärke«, behauptet Leila.

»So schnell fällt mir normalerweise nichts ein«, widerspreche ich. »Das hast du **viel besser** drauf. Im Nachhinein komme ich oft auf gute Retourkutschen. Anscheinend werde ich allmählich schneller. Bei dir kommen die immer wie aus der Pistole geschossen.«

Leila grinst. »Nein, **du** bist genial.«

»Nein, **du** bist genial.«

»Ich bin frech«, sagt Leila. »Aber du hast ein **loses Mundwerk**.« Sie mimt mit der Hand einen plappernden Mund.

»Ja, ich habe ein **loses Mundwerk**«, bestätige ich und ahme ihre Geste nach. Wir kichern.

»Jetzt mal im Ernst«, fährt Leila fort. »Das war vorhin echt **lustig**. Bei der *nächsten* Talentshow könntest du das anstelle eines witzigen Tanzes aufführen.«

»Aber wie soll das denn funktionieren? Soll ich Aziz mit auf die Bühne holen, um ihn zu beleidigen?«

»Keine Ahnung«, sagt Leila. »Überleg dir was.«

»Vielleicht ein Tanz oder ein **Zaubertrick** mit ein bisschen Frotzelei …«, grüble ich. »Oder eine witzige Verunglimpfung der Lehrer.«

»Ja, das stelle ich mir gut vor.« Leila lacht.

»Wie schön, dass Mr. Smith es hierhergeschafft hat, nachdem er das Labor evakuieren lassen musste, weil er tausend Meilen gegen den Wind nach Kaffee riecht. Ist das der Grund, warum niemand neben ihm sitzen will? Und was ist mit Miss Cheeks Strickjacken los? Wenn sie noch größer werden, kann sie sie als Fallschirm verwenden. Vielleicht ist es ihr wichtig, jederzeit spontan aus einem Flugzeug springen zu können.«

»Ich würde mich über so eine Nummer schlapplachen«, sagt Leila amüsiert. »Worauf ich aber eigentlich hinauswill – die Sache mit Aziz hat dir echt Spaß gemacht. Du bringst gerne Leute zum Lachen, habe ich recht?«

»Ja, das hat mir **wirklich** Spaß gemacht.«

»Vielleicht ist das deine

Leidenschaft«,

überlegt Leila. »Ich habe dich beobachtet. Du hast lebendiger ausgesehen und deine Augen haben gefunkelt.«

»Echt?«

»Du hast ihn zwar beleidigt, aber auf richtig **witzige** Art. Du bist eine Besserwisserin, die alles ausspricht, was ihr nicht passt, aber …« Sie sucht nach den richtigen Worten.

»Aber wenn ich dabei witzig bin, kann ich solche Sachen sagen, ohne dass es die anderen nervt?«, beende ich den Gedankengang für sie.

»Genau das meinte ich. Ich finde, du könntest als

Komikerin

auftreten. Als du bei deinem Tanz dringend aufs Klo musstest, sah das so lustig aus! Das kannst du doch auch auf andere Sachen übertragen.«

»Dringend aufs Klo zu müssen, wirkt immer komisch«, gebe ich zu bedenken. »Das habe ich nicht erfunden.«

»Schon klar«, sagt Leila. »Aber die meisten Kinder hätten fluchtartig die Bühne verlassen oder wären nach dem Tanz von der halben Klasse gemobbt worden. Du hast es durchgezogen und alle haben dich angefeuert. Wenn es hart auf hart kommt, **drehst du richtig auf**. Darum kommst du auch gut damit klar, wenn deine Eltern dich bei der Lösung ihrer Probleme brauchen.«

»Hmmm.« Ich lasse den Gedanken auf mich wirken.

Ich bin Hope Crumble, Besserwisserin und Improvisationsgenie, das gerne einen Plan B hat. Nicht jeder kann mit mir etwas anfangen und ich brauche immer noch ein griffigeres Persönlichkeitsprofil. Aber das ist in Ordnung. Nächstes Jahr werde ich bei der Talentshow als Komikerin vorsprechen. Doch fürs Erste lasse ich meinen Namen von der Liste streichen, um den **seltsamen Tanz** nicht noch mal zeigen zu müssen.

14. Kapitel

»So, alle bitte herhören, es gibt

eine gute und eine schlechte Neuigkeit«,

beginnt Mum unsere nächste Familienversammlung.

Auf der Tafel steht: »50-Prozent-Ziel erreicht!« und daneben in Mums Handschrift: »$ch*@! Bohnen!!!«

»Die gute Neuigkeit ist, dass die Lage sich allmählich entspannt. Das verdanken wir zum Teil Hope und der Modenschau, die wir veranstalten werden.«

Meine Familie spendet mir verhalten Applaus.

»Aber«, fährt Mum fort, »um das mal klarzustellen … ich kann nicht glauben, dass ich das wirklich sage. Also«, hebt sie erneut an, als hätte sie genug mit sich gerungen. »Ja, also ich sage es einfach frei heraus … wir werden das

Bohnenwettessen

machen.«

»JAWOHL!« Connor stößt die Faust in die Luft.

»Echt?« Stacey schaut fassungslos drein. »Ich dachte, du bist strikt dagegen.«

»Das bin ich nach wie vor«, bestätigt Mum. »Aber ich möchte die Bohnen ein für alle Mal **loswerden**. So schnell wie möglich und **auf jede nur erdenkliche Art**«, fügt sie hinzu. »Ich habe endgültig genug davon.«

»Oh, wurdest du auch von Durchfall heimgesucht?«, frage ich mit gespieltem Ernst.

»Nein«, entgegnet Mum, »obwohl ich sicher bin, dass wir alle etwas *weicheren* Stuhlgang haben.«

»Bäh, Mum, das ist widerlich«, beschwert sich Stacey.

»Ich nicht«, behauptet Connor. »Ich habe eine Verdauung wie ein Ochse.«

»Ja, schon gut«, sagt Dad. »Zurück zum Thema.«

Ich wusste, dass wir die positive Haltung à la »Wie gut, dass Bohnen zu allem passen« nicht ewig durchhalten können. Irgendwann wird es einfach zu anstrengend, sich zusammenzureißen.

(In einem Horror- oder Katastrophenfilm wäre jetzt der Moment, in dem wir uns alle zerstreiten und dann jeder seiner Wege geht; der eine in einen verlassenen Vergnügungspark, in dem es spukt; ein anderer in den Wald, wo er von einem Bären gefressen wird – oder so.)

»Ich habe gerade ein Bohnenomelett gegessen«, sagt Mum verzweifelt. »Es ist einfach … zu viel … ich kann nicht mehr.« Sie klingt regelrecht traumatisiert.

Dad tätschelt ihr aufmunternd die Schulter. »Wir haben alle sehr viele Bohnen gegessen.«

»Mir quellen sie schon zu den Ohren raus«, sage ich munter, was niemanden interessiert.

»Wir danken euch allen, dass ihr euch geopfert und so viele Bohnen gegessen habt, auch wenn ihr keine mehr sehen könnt«, sagt Dad.

»Gern geschehen«, erwidere ich.

»Mum, warum hast du denn nicht ein normales Omelett gemacht und die Bohnen als Beilage gegessen?«, fragt Stacey.

Mum zuckt mit den Schultern. »Ach, ich weiß auch nicht.«

»Bohnenomelett klingt scheußlich«, findet Stacey.

»Ich glaube, ich leide an Bohnenirrsinn«, gesteht Mum.

»So etwas wie Bohnenirrsinn gibt es nicht«, meldet sich Tante Rita zu Wort. »Und ich muss es wissen, denn ich mache jetzt eine Therapie.«

Wir schweigen alle fassungslos.

»Und deine erste Frage lautete: ›Leide ich an Bohnenirrsinn‹?«, erkundige ich mich.

»Nein«, gibt Rita leicht genervt zurück.

Mum ist immer noch verdattert. »Äh, schön, dass du jetzt eine Therapie machst, Rita.«

»Ja, das sind tolle Neuigkeiten. Gut so, Rita«, findet Stacey.

»Ich bin wirklich stolz auf dich«, sagt Mum. »Es ist nicht immer einfach, sich in schweren Zeiten Hilfe zu suchen.«

»Besonders für eure Generation«, ergänzt Stacey. »Ich bin sicher, dass es dir unheimlich guttun wird, Tante Rita. Danach wirst du **deine Energien wesentlich angemessener channeln** können.»

»Danke für eure lieben Worte«, sagt Rita. War das wirklich alles *lieb* gemeint? Oder hört Rita einfach, was sie hören will? »Es war ja dein Vorschlag, Stacey. Und natürlich stand er im Einklang mit den Ratschlägen meiner Geister. Um deine Frage zu beantworten«, wendet Rita sich an mich, »meine erste Frage an meine Therapeutin lautete: ›Kann ich einen Teil mit Hellsehen bezahlen?‹«

Es macht mich stutzig, dass Rita einfach so fragt, ob sie die Therapie mit einer Gegenleistung bezahlen kann. Ist sie wirklich bei einer richtigen Therapeutin? Andererseits hat Rita ja eigentlich nie Probleme damit, sich

seltsam

zu benehmen.

»Und, wie läuft es?«, erkundigt sich Mum. »Hat sie dir gesagt, dass du nie richtig zuhörst und immer in deine eigene kleine Welt abtauchst?«

»Tante Rita«, frage ich dazwischen, »was hat deine Therapeutin dazu gesagt, dass du mit Hellsehen bezahlen willst?«

»Sie meinte, das ginge in Ordnung, solange ich den Rest bar bezahle.«

»*Bar?*« Mum hebt die Augenbrauen.

Alle verarbeiten die Information mit erstaunten Gesichtern, denn das klingt etwas

windig.

Mum, die eine pingelige Buchführung betreibt, hält Leute, die in **bar bezahlt** werden wollen, für verdächtig. Laut ihr wollen sie entweder das **Finanzamt bescheißen** oder sie betreiben im schlimmsten Fall **Geldwäsche**. Mum nimmt es damit wirklich sehr genau.

»Sag mal, Rita«, hakt Stacey behutsam nach, »wer ist denn deine Therapeutin?«

»Oh, das ist meine Freundin Angie«, verkündet Rita zufrieden. »Sie ist eigentlich mehr ein Life Coach. Sie hat mir bereits dabei geholfen, die Schränke aufzuräumen.«

»*Angie?*«, entfährt es Mum. »Deine Freundin, die dich auf deinem

Selbstfindungstrip

nach Indien begleitet hat, aber nach einem Tag schon wieder heimgeflogen ist, weil es ›*heißer*‹ war als erwartet?« Mum malt Gänsefüßchen in die Luft.

»Ja«, sagt Rita.

Stacey fragt: »Warte mal, ist das die Angie, die mit einem Rubbellos fünfzehntausend Pfund gewonnen und das Geld in ihren eigenen Schlammwrestling-Verein investiert hat, der im Freitagabendprogramm gegen den rivalisierenden

Verein aus Chicago angetreten ist? Und der zwei Wochen später pleite ging?«

»Genau die«, bestätigt Rita. »Da hat sie wirklich großes Pech gehabt.«

»Das ist aber nicht die Angie, die ich mal kennengelernt habe, oder?«, fragt Dad. »Die mir erzählt hat, dass sie sich zur Bürgermeisterwahl aufstellen lässt, weil sie Fahrräder von den Straßen verbannen will?«

»Oh, die Angie, die mal einen Fahrradfahrer angefahren hat, ja?«, fragt Stacey.

»Ja, das war wirklich ganz großes **Pech**«, antwortet Tante Rita. »Aber der Fahrradfahrer blieb zum Glück unverletzt.«

Ich wende ein: »Die hört sich nicht wie eine zugelassene Therapeutin an.«

»Nein, sie ist ja jetzt Life Coach«, sagt Rita. »Also, **nebenberuflich**. Sie arbeitet immer noch als Politesse. Aber sie hat ein Zertifikat. Wenn sie mit dem Coaching richtig durchstartet, wird sie nicht mehr so viel Zeit damit verbringen müssen, Falschparker aufzuschreiben.«

»Okay«, unterbricht Mum. »Jetzt müssen wir wieder über Bohnen reden. **Baaaaaaah**. Ich **hasse** Bohnen. Sie passen keineswegs zu allem. Warum haben wir das jemals gedacht?«

Das war's also mit dem **Bohnenoptimismus**, jetzt sehen wir die Bohnen höchst **pessimistisch**.

»Nun ja«, meint Dad sanft. »Vergiss nicht, dass wir sehr viel mehr davon essen als unsere Gäste. Für die sind die zusätzlichen Gerichte auf der Karte etwas Neues und das Feedback war durchweg positiv.«

»Ja, wir essen ständig Bohnen«, bestätige ich. »Kein Wunder, dass sie uns zum Hals heraushängen. Wie dieser Typ in dem Doku-Film – der hat einen Monat lang nur Fast Food gegessen.«

»Morgan Spurlock«, sagt Connor. »Den habe ich bei meiner Marktanalyse entdeckt. Sein Film hieß *Super Size Me.*«

»Er wurde für einen Oscar nominiert«, erinnert sich Stacey. »Mensch, das hätte ich machen können!«, fällt ihr urplötzlich ein. »Wieso habe ich nicht daran gedacht? Ich hätte eine Doku darüber drehen können, wie ich ständig Bohnen esse. Dafür ist es jetzt zu spät …«

In dem Moment erscheint Ritas Freundin/Life Coach Angie an der Eingangstür des Cafés und klopft an.

»Oh, da ist ja Angie!«, freut sich Rita. Sie steht mit mehr Schwung als gewöhnlich auf, entriegelt die Tür und lässt Angie ins Café.

Sie platzt mitten in unsere Familienversammlung.

»Hier, nimm dir einen Stuhl, Angie«, sagt Rita.

Mum hat das alles **mit offenem Mund** verfolgt. Jetzt findet sie die Sprache wieder. »Wie bitte? Also, was genau …? Das hier ist eine

private Veranstaltung.«

»Geht schon in Ordnung«, sagt Rita großspurig. »Ich habe Angie eingeladen. Damit sie sieht, womit ich mich herumschlagen muss.«

»Womit **du** dich herumschlagen musst?«, zischt Mum.

»Wir müssen uns mit *dir* herumschlagen. Wir reden hier über *unsere Geschäftskrise.*«

»Ach, so sehr kriselt es bei uns doch gar nicht, Mum«, versuche ich, die angespannte Situation aufzulockern.

»Siehst du?«, wendet sich Rita an Angie. »Bren ist unheimlich negativ.«

»So geht das nicht«, sagt Mum. »Wir müssen *vertrauliche Angelegenheiten* besprechen.«

»Damit habe ich kein Problem«, meint Angie.

»Aber ich habe damit ein Problem«, entgegnet Mum.

Rita winkt ab. »Ach was, Angie unterliegt der *Schweigepflicht.*«

»Ich habe eigentlich nur einen Onlinefragebogen ausgefüllt«, erklärt Angie. »Aber danach habe ich ein Zertifikat bekommen. Und ich werde die

Verschwiegenheitspflicht meinen Patienten gegenüber

ganz und gar einhalten. Außer, wenn hier jemand ein Verbrechen gesteht. Denke ich zumindest. In dem Fall müsste ich wohl die Polizei einschalten, oder? Das müsste ich noch mal nachlesen.«

»Ich bin nicht weit davon entfernt, einen Mord zu begehen«, sagt Mum. Sie sieht wirklich so aus, als wollte sie ihrer Schwester an die Gurgel.

»Das zählt bereits. Und ich kann Sie nicht decken«, erklärt Angie humorlos.

Dad versucht es diplomatisch. »Ich schlage vor, dass wir die Versammlung einfach schnellstmöglich beenden und uns danach hiermit auseinandersetzen.« Er deutet vage in Angies und Ritas Richtung.

»Wunderbar.« Angie legt einen Block auf ihren Schoß und drückt auf einen Kugelschreiber.

Dad fügt hinzu: »Niemand hier erklärt sich damit einverstanden, therapiert zu werden, aber Sie dürfen fürs Erste bleiben.«

Meine Eltern versuchen, wieder zur Tagesordnung zurückzukehren. Sie sprechen über die Vorbereitungen für Skylas Modenschau. Stacey hat Feenlichter besorgt sowie Kisten und Tücher, mit denen sie einen Laufsteg improvisieren will. Sie hat alles **im Griff**.

»Ich weiß, wie man so etwas **inszeniert**«, sagt Stacey stolz.

»Interessant«, murmelt Angie leise genug, um nicht aufzufallen.

Dann diskutieren meine Eltern, wie sie am besten ein Bohnenwettessen ausrichten. Sie einigen sich darauf, eine Teilnahmegebühr zu verlangen, aber auch einen angemessenen Preis für den Gewinner zu stiften.

»Es besteht wohl die Gefahr, dass überhaupt niemand teilnimmt«, fürchtet Mum.

»Sehr **negativ**«, murmelt Angie.

»Können Sie bitte Ihre Kommentare unterlassen?«, sagt Mum müde.

»Konträr dazu –«, hebt Connor an.

»Oh, ein Fremdwort, das kenne ich gar nicht von dir«, scherze ich. Connor stößt mich an und ich lache. Angie kritzelt auf ihrem Block.

»*Konträr dazu*«, wiederholt er, »könnte es sein, dass wir sehr viele Teilnehmer haben oder dass sie sehr viel essen. Und dann **gehen uns die Bohnen aus.**«

Alle starren ihn einen Moment lang an und fragen sich, wie wir dieses Problem lösen könnten.

»Legt eine Grenze fest«, schlägt Angie vor. Jetzt wandern alle Blicke zu ihr. »Legt vertraglich fest, dass es keinen endlosen Bohnennachschub gibt, sondern eine Beschränkung auf zehn Dosen pro Person, beispielsweise.«

Mums Gesichtsausdruck verändert sich, als ihr klar wird, dass die **Idee etwas taugt**. Gerade war sie noch entrüstet, jetzt ist sie beeindruckt.

»Hm«, sagt Mum, um Zeit zu gewinnen. (Angie ist eine Nervensäge, aber sie hatte eine gute Idee, und das nehmen wir ihr alle ein bisschen übel.)

»Hm«, wiederholt Mum, »ja, das könnten wir in Erwägung ziehen.«

Falls Mum Angie und Rita nicht vorher an die Gurgel geht.

15. Kapitel

Am nächsten Morgen sage ich auf dem Weg ins Klassenzimmer zu Leila: »Meine Tante hat es geschafft, sich als Therapeutin die einzige Person auszusuchen, die emotional **noch** unreifer ist als sie selbst. Das ist schon eine **beachtliche Leistung**.«

»Das hört sich alles total witzig an«, findet Leila. »Das Gesicht deiner Mutter muss köstlich gewesen sein. Zum Glück war ich nicht dabei – deine Mum kann ziemlich **furchteinflößend** aussehen, wenn sie sauer ist.«

Ich kichere. »Oh ja. Und laut Stacey bestärken Rita und Angie sich gegenseitig in ihrem **toxischen Verhalten**. Das ist so, als würdest du im Supermarkt Süßigkeiten klauen und ich würde dir helfen, die Sachen hinauszuschmuggeln. Damit würde ich dich in deinem Verhalten ebenfalls bestärken.«

»Oho. Sollen wir vielleicht auch einen Life Coach engagieren?«

Ich muss lachen. »Na klar. Mal sehen, was wir dann alles auf die Beine stellen können!«

»Ach nee, warte mal, mir ist gerade wieder eingefallen, dass wir bereits **perfekt** sind.« Leila und ich lachen uns schlapp.

»Pah, wohl kaum«, meint Skyla, die gerade an unserem Tisch vorbeikommt.

»Ich muss doch seeeeeehr bitten«, sagt Leila mit gespielter Empörung.

»Hope trägt immer noch abgewetzte No-Name-Schuhe«, stellt Skyla fest. »So ziemlich das Gegenteil von **perfekt.**« Sie setzt sich auf ihren Tisch und starrt uns an. »Schaut euch hingegen meine Schuhe an. *Die* sind **perfekt.**«

Leila sieht mich an und sagt unbeeindruckt: »Wir stehen unter Beschuss.«

»Ich habe dazu zwei Dinge anzumerken«, verkünde ich wichtigtuerisch. »Erstens: Vergleiche sind der Tod der Freude.«

»Oh ja, der Spruch **gefällt mir**«, meint Leila.

»Mir auch«, sagt Abi G., die gerade an den Tisch kommt. »Kannst du das wiederholen?«

»Vergleiche sind der Tod der Freude.«

»Ja, echt gut.« Abi nickt und setzt sich. »Klingt philosophisch.«

»Das habe ich mir nicht ausgedacht«, gebe ich zu. »Meine Oma sagt das, aber sie hat es auch irgendwoher.«

»So klug, so weise«, findet Leila.

»Und zweitens: Skyla, mit der Beleidigung meiner Schuhe hast du Paragraf 2, Absatz 1 deines Vertrags mit dem **Café Crumble** verletzt. Deine Modenschau ist hiermit abgesagt.«

»Wie bitte?« Skylas Augen weiten sich. »Das kannst du nicht machen.«

waren völlig klar«, stelle ich fest. »Mum hat dich ausführlich darüber aufgeklärt. Ich war davon ausgegangen, dass du es dir zu Herzen genommen hast und mir gegenüber in letzter Zeit deswegen nicht so gemein warst.«

»Klar, ja, aber ich habe ja nur Witze gemacht. Deine Mum hat nicht gesagt, dass Witze verboten sind.«

»Fängst du *jetzt* damit an?« Ich mache eine erwartungsvolle Pause. Leila kichert. »Wo bleiben die Witze?«

»Haha«, gibt Skyla sarkastisch zurück. »Na gut, mein Witz vorhin kam nicht an. Ich passe in Zukunft besser auf, was ich sage.«

»Und es tut dir …« Leila fordert sie mit einer Geste auf, den Satz zu beenden.

»Es tut mir was?«, fragt Skyla.

»L-l-l … muss ich es dir wirklich vorsagen?«, fragt Leila.

»Ach so, ich soll sagen, dass es mir leidtut?«, fragt Skyla.

»Bingo«, bestätigt Leila.

»Oh. Äh. Ja. Ich denke, dass es mir … also, nur so ganz allgemein gesprochen … äh … leidtut.«

»Danke. Ich weiß, dass dir das nicht leichtgefallen sein kann, Skysky.« Ich lächle süß. »Also gut. Die Modenschau findet statt.«

»*Toll*.« Skyla schenkt mir ein knappes, aufgesetztes Lächeln, dann gleitet sie vom Tisch und setzt sich hin.

Echt ein Jammer, dass ich nach der Modenschau nichts mehr gegen Skyla in der Hand haben werde.

»Sei froh, dass sie dich nicht durch den Kakao gezogen hat!«, sagt Abi G. zu Skylas Hinterkopf.

Stimmt, wenn es hart auf hart kommt, kann ich immer noch mit Frotzeleien punkten.

*

In Erdkunde sagt Hunter leise zu mir: »Ich habe gehört, dass du dich gut über jeden lustig machen kannst.«

Wenn ich überlege, dass er vor nicht allzu langer Zeit einen meiner Bleistifte zerbrochen hat, ist das ein echter Fortschritt. Der Vorfall ist natürlich Schnee von gestern und abgehakt. Ich sehe von meinem Heft auf.

»Nicht über jeden«, flüstere ich zurück. »Es war nur Aziz.« Sieht so aus, als hätte sich das herumgesprochen.

»Magst du es mal bei mir versuchen?«, fragt Hunter. Es klingt wie eine Herausforderung. Er will testen, ob ich dem gewachsen bin.

Das Problem ist nur, dass unsere Erdkundelehrerin Mrs. Ellis irre streng ist und ich nicht vorhabe, ihren Ärger auf mich zu ziehen.

Doch dann meldet sich jemand mit einer Frage und sie geht hinüber. Jetzt ist sie weit genug weg und abgelenkt.

Ich sehe mir Hunter genauer an. Was für eine Knalltüte! Auf seinem Hemd prangen Fettflecken und seine auf cool gestylten Haare hängen ihm ins Gesicht.

»Ich kann dich nicht durch den Kakao ziehen«, sage ich. »Das hat das Leben schon gemacht.«

»Wow«, meint Hunters Tischnachbar Simon. Hunter grinst und ein paar Leute in der Nähe kichern.

Ermutigt fahre ich fort: »Streich dir die Justin-Bieber-Frisur von 2009 aus dem Gesicht, dann triffst du beim Essen häufiger den Mund.« Es wird noch mehr gekichert. »Aber keine Sorge, Hunter, du bist trotzdem **cool**.«

»Was ist dort drüben los?« Mrs. Ellis sieht zu unserem Tisch. »Gibt es ein Problem?«

»Nein, alles in Butter!«, sage ich laut. Alle lachen. Ich freue mich, dass mir ein doppeldeutiger Witz gelungen ist.

»Gebt jetzt bitte Ruhe«, mahnt Mrs. Ellis. Einige Kinder kichern kaum hörbar weiter.

»Hey, das war **gut**«, flüstert Hunter.

»Ruhe!«, befiehlt Mrs. Ellis.

Schade, wo ich gerade so schön in Fahrt bin!

Den ganzen Vormittag bitten mich immer wieder Mitschüler, sie **auf den Arm zu nehmen**.

Ich befürchte, dass mir allmählich die Ideen ausgehen. Ich sage zu oft »Deine Mutter«, weil mir nichts anderes einfällt.

In der Mittagspause fragt mich ein Junge namens Mason Sheen mit aggressivem Unterton: »Was willst du damit eigentlich bezwecken?«

»Womit?«, hake ich nach. Seine Freunde umzingeln meinen Tisch, was sich beklemmend anfühlt. Masons Hemd ist voller Tintenflecken.

»Was willst du damit bezwecken, Leute wie mich zu beleidigen?«, wiederholt er.

»Ich verschaffe mir Respekt und lasse mir außerdem Tipps geben, wie man einen Füller benutzt. Aber dazu hast du wohl nichts beizutragen«, erkläre ich.

Seine Freunde lassen ein lang gezogenes »Oooooooh« hören und lachen dann. Das gefällt mir immer **besser**.

George Hargreaves tritt vor. »Jetzt ich.«

»Wie nennt man eine Frau, die es bereut, Kinder bekommen zu haben?«, frage ich.

»Keine Ahnung«, antwortet er.

»Deine Mutter.«

Und wieder ernte ich Gelächter.

Als ich nach Hause komme, empfangen mich im Café wie immer köstliche Aromen. Stacey hat eine kleine, teuer aussehende Kamera auf die Theke gestellt. So eine hat sie sich schon mal für ein Filmprojekt ausgeliehen.

»In Großbritannien ist alles kleiner«, sagt Stacey in die Kamera. (In *Super Size Me* sagt der Typ, in den USA sei alles größer. Stacey versucht also genau das Gegenteil.) »Wir haben die kleinsten Automodelle, die engsten Straßen, die **mittelmäßigsten** Restaurantketten und unternehmen am wenigsten Anstrengungen, gesundes, erschwingliches Essen anzubieten.«

»Ist das so?«, frage ich.

»Cut«, sagt Stacey. »Danke, dass du eine echt gute Aufnahme ruiniert hast. Ach egal, ich mache einfach weiter. Ich muss sowieso üben. Bleib hier.«

»Schön, dich zu sehen«, sage ich.

»Ja, schon gut.« Sie macht wieder einen auf **professionelle** Schauspielerin und spricht in die Kamera. »*Baked Beans*. Die kennen wir alle. Sie wirken wie ein unscheinbares proteinhaltiges pflanzliches Nahrungsmittel. Okay, aber langweilig. Irgendwie gesund, aber nicht **aufregend**. Sie scheinen gut zu einer Insel zu passen, auf der bei schlechtem Wetter Züge ausfallen. Aber was, wenn man für sie den richtigen Rahmen schafft? Wenn man versuchen würde, sich gleichzeitig günstig und zumindest ein bisschen gesund zu ernähren? Was würde passieren, wenn man eine Weile **nichts anderes äße als Bohnen**?«

Ich warte eine Sekunde, um nicht wieder die Aufnahme zu ruinieren, dann sage ich: »**Uuuh, Gänsehaut.**«

»Danke.« Stacey räumt zufrieden die Kamera weg. »Ich glaube, das könnte ein richtig guter Film werden.«

»Auf jeden Fall«, pflichte ich ihr bei. Wobei ich mir nicht ganz sicher bin, dass er so erfolgreich wird, wie Stacey hofft. Ich meine, er handelt nicht von einem Superhelden oder von Harry Potter.

Rita kommt aus ihrer **Orakelbude.** »Ein Sturm zieht auf«, verkündet sie bedeutungsvoll.

»Tante Rita, das sagst du schon seit mindestens drei Tagen, aber es ist immer noch sonnig«, lasse ich sie wissen.

»*Verdächtig* sonnig, nicht wahr?« Rita lässt sich nicht so

leicht aus dem Konzept bringen. »Das beweist, dass etwas in der Luft liegt.«

»Wie ich sehe, hat deine Therapie – in Anführungszeichen – dich nicht sehr verändert«, bemerkt Stacey und zieht den Reißverschluss der Kameratasche zu.

»Im Gegenteil, ich fühle mich **ausgeglichener** denn je«, widerspricht Rita. »Man kann den Wind so wenig kontrollieren, wie man den Mond anheulen kann, wie es so schön heißt.«

»Diesen Spruch habe ich noch nie gehört«, sage ich.

»Aber ich«, behauptet Rita. »Ich will darauf hinaus, dass ich alles bewältigen kann.«

»**Großartig**«, freut sich Stacey. »Kannst du dann an meiner Stelle servieren? Ich möchte ein paar stimmungsvolle Aufnahmen von den Bohnendosen machen, die wir hier überall lagern.«

»Aber ja, selbstverständlich kann ich das«, sagt Rita großmütig.

Die Glocke bimmelt und ein Mann mittleren Alters betritt das Café.

»Was kann ich für Sie tun?«, fragt Rita ihn, als er sich der Theke nähert. »Ich kann absolut alles.«

»Einen Cappuccino und einen Bohnenmuffin«, bestellt der Mann.

»Ah«, rudert Rita zurück. »Ich weiß allerdings nicht, wie man die Kaffeemaschine bedient. Darf ich Ihnen stattdessen eine Tasse Tee empfehlen? Das wäre **leichter** für mich.«

»Wie bitte? NEIN. Tut mir leid«, wendet sich Stacey an den Gast. »Einen Moment bitte.« Dann fragt sie Rita: »Wie ist es möglich, dass du die Kaffeemaschine nicht bedienen kannst?«

»Das macht normalerweise deine Mutter. Ich serviere den Kaffee nur.«

»Wo ist Mum eigentlich?«, erkundige ich mich.

»Sie geht die Lagerbestände durch«, antwortet Stacey. Dann bereitet sie den Cappuccino zu und kassiert.

Nachdem der Mann sich an einen Tisch gesetzt hat, sagt sie zu Rita: »Okay, ich beeile mich. Falls noch mal jemand etwas bestellt, das du nicht hinbekommst, hol mich.« Dann geht sie.

Ich setze mich an meinen Hausaufgabentisch. Oma Margery bringt mir eine Bohnenfocaccia und ein paar bohnenfreie Schokoladenkekse. (Bohnenbilanz: 55 Prozent verbraucht, 45 Prozent übrig).

Ich sitze ganz unspektakulär da, übe meine neuen Tricks, mache meine Hausaufgaben und teile mein Essen brav mit Connor, als er nach seinem Fußballtraining aufkreuzt.

Mum kommt zurück, Stacey filmt weiter alles Mögliche und schließlich fängt es tatsächlich zu regnen an.

»Ach du meine Güte, Tante Rita«, rufe ich von meinem Tisch aus. »Es schüttet wie aus Kübeln. Du hattest recht.«

»Und eine stehen gebliebene Uhr zeigt zweimal am Tag die richtige Zeit«, murmelt Mum.

»Ich werde Angie sagen, dass du mich mit einer stehen gebliebenen Uhr verglichen hast«, lässt Rita sie wissen.

»Gut«, gibt Mum zurück. »Komisch, dass sie da nicht schon selbst draufgekommen ist.«

Kurz bevor das Café schließt, taucht plötzlich ein letzter Gast auf. Onkel Alan kommt hereingerauscht, klatschnass und wie üblich mit seiner Kleinen in der Brusttrage.

Oh oh, denke ich. Vielleicht hatte Tante Rita wirklich recht und es wird gleich stürmisch.

16. Kapitel

Wir schauen zwischen Alan und Connor hin und her. Connor ist wie

erstarrt

und hält den Blick auf die Tischplatte gerichtet. Vielleicht tut er so, als hätte er seinen Vater nicht gesehen.

Alan wirkt müde, er ist zerzaust und durchnässt. Zwar konnte er die kleine Iriye einigermaßen vor dem Regen schützen, aber sie

weint.

Ich habe den Eindruck, dies ist kein weiterer Versuch, sich Connor wieder anzunähern.

Alan geht zu Mum an die Theke, weicht dabei allen Blicken aus und wiegt das schluchzende Baby.

»Tut mir leid«, sagt er zu ihr. »Tut mir schrecklich leid. Ich hatte nicht vor herzukommen, aber ich bin vom Regen überrascht worden. Mein Handyakku ist leer, alle anderen Läden sind geschlossen und Iriye braucht dringend ihr Fläschchen. Sie weint bestimmt, weil sie hungrig ist. Und vielleicht ein bisschen nass. Ich weiß nicht … tut mir leid, aber könnte ich kurz … ich brauche einfach nur einen trockenen Ort, an dem ich ihr das Fläschchen geben kann.«

»Aber selbstverständlich«, sagt Mum. »Wir sorgen dafür, dass der kleine Schatz etwas zu trinken bekommt.« Sie gurrt in Richtung des Babys. Iriye hört auf zu weinen und sieht sie an, doch dann schreit sie wieder. »Ach du je«, sagt Mum mitfühlend. »Schon gut, schon gut.« Sie wendet sich wieder an Alan. »Soll ich etwas aufwärmen?«

»Nein, nein, die Flasche ist in einer Thermoshülle und immer noch warm.«

Mum führt ihn zu dem Tisch, der am weitesten von der Ecke entfernt ist, in der Connor und ich sitzen. Alan wirft einen kurzen Blick zu uns rüber, dann höre ich ihn zu Mum sagen: »Ich bin wirklich nicht gekommen, um Connor zu sehen. Ich weiß, dass er nicht mit mir reden will, und das akzeptiere ich.«

Mum tätschelt ihm die Schulter.

Kurz darauf serviert Oma Margery ihm eine Kanne Tee und einen Scone mit Butter. »Geht aufs Haus.«

Alan holt Iriye aus der Trage und gibt ihr die vorgewärmte Milch aus der Flasche zu trinken. Endlich hört sie auf zu weinen.

Der Rest meiner Familie lehnt an der Theke und beobachtet, wie Alan die Kleine füttert. Sie unterhalten sich im Flüsterton, damit Alan sie nicht hören kann, aber Connor und ich bekommen alles mit. (Wir verpassten nur hin und wieder wegen anderer Geräusche etwas, zum Beispiel, als ein Gast seinen Stuhl zurückschob, sich bedankte und das Café verließ, wodurch die Türglocke bimmelte.)

»Er wirkt so **erschöpft**«, sagt Rita mit zufriedenem Unterton.

»Ist doch klar«, meint Mum. »Mit einem Neugeborenen …«

»Das sieht nicht so anstrengend aus«, findet Stacey. »Es schreit und man gibt ihm das Fläschchen.« Sie zuckt mit den Schultern.

Mum und Rita starren Stacey mit zusammengezogenen Augenbrauen an, lassen sich aber nicht zu einem Kommentar hinreißen.

Mum schaut wieder zu Alan und Iriye und seufzt. »Aber seht euch doch nur dieses **niedliche Baby** an.«

»Diese winzigen Fingerchen«, sagt Oma Margery.

»Und diese Pausbäckchen, die ich am liebsten kneifen möchte«, ergänzt Mum.

»Ja, da ist was dran«, stimmt Stacey zu. »Ich finde Babys eigentlich gar nicht so toll, aber das hier ist schon **niedlich**. Das würde ich gerne mal knuddeln.«

Oma nickt. »Es ist hinreißend. Es wäre schön, wieder ein Baby in der Familie zu haben.«

Endlich dreht Connor den Kopf und schaut zu seinem Vater und dem Baby hinüber. Onkel Alan sieht

müde und **bekümmert**

aus.

Ich sehe, wie sich in Connors Gesicht etwas verändert. Ist das Empathie, die sich darauf ausbreitet? Freundlichkeit? Erkennt er, dass sein Vater verletzlich ist und nicht böse oder was er sonst bis jetzt über ihn gedacht hat?

Connor bewegt sich, hält unsicher inne, steht dann ruckartig auf und geht zu seinem Vater hinüber. Alle zucken zusammen, dann beobachten sie ihn schweigend.

Ich höre ganz leise, dass Connor fragt, ob er sich setzen darf. Alan deutet freudig überrascht auf einen Stuhl.

Den Rest der Unterhaltung bekommen wir nicht mit. Ich geselle mich zu meiner Familie an die Theke, von wo aus ich einen besseren Blick habe.

Es scheint sehr emotional zuzugehen. Alan wischt sich Tränen aus dem Gesicht, dann geben die beiden sich eine Ghetto-Faust und umarmen sich vorsichtig wegen der Kleinen. Ach, du meine Güte! Haben sie ihre Beziehung **gerettet?** Ja, so muss es sein! **Hurra!** Hoffe ich.

Dann kommt Connor zu uns. Alan folgt ihm und hält Iriye dabei so, dass sie an seiner Schulter aufstoßen kann.

Connor lächelt uns an. »Ich möchte euch meine kleine Schwester Iriye vorstellen.«

»Dürfen wir sie jetzt endlich **knuddeln?**«, quietscht Mum und nimmt Alan das Baby ab, ohne auf eine Antwort zu warten.

Alan hält ihr ein Tuch hin. »Hier, falls sie spucken muss.«

»Ach, das stört mich nicht«, sagt Mum glücklich. »Hallo, du süßes Baby«, gurrt sie selig. »Wir freuen uns so, dass du jetzt zur Familie gehörst. Oh ja, das tun wir. Und wie!«

»Ja, schon gut, jetzt will ich sie auch mal halten, um zu sehen, warum alle so ein Getue machen.« Stacey wirft sich ein Geschirrtuch über die Schulter.

Dann nimmt sie die Kleine und gurrt ebenfalls. »Ach, sie ist wirklich niedlich. Ja, ich verstehe, es ist echt toll, wieder ein Baby in der Familie zu haben. Oh, sieh nur, sie schaut dich an, Oma.« Stacey hat bemerkt, dass Iriye wie gebannt in Omas Richtung sieht. »Möchtest du meine Oma knuddeln?«, fragt Stacey die Kleine.

Margery sagt: »Liebend gerne, aber jetzt ist erst einmal Connor dran.«

Connor lächelt schüchtern, als Stacey ihm das Baby reicht. Iriye sieht zu ihm hoch, er schaut auf sie hinunter. »Ich bin dein großer Bruder«, erklärt er. »Wenn ich da bin, brauchst du dir keine Sorgen zu machen.«

Wow, Connor ist ja ein richtig liebevoller großer Bruder.

»Ich werde nämlich mal

Millionär«,

erklärt Connor.

Ach so, darum geht es. Nun ja.

»Ich bin Unternehmer«, fährt er fort. »Das kannst du mir glauben.«

»Connor, Iriye sind deine zukünftigen Umsätze egal«, sagt Stacey.

»Wer weiß«, entgegnet Connor.

»Babys ist es egal, ob man reich oder arm ist«, bekräftigt

Oma Margery. »Sie wollen nur, dass man für sie da ist und sie liebhat.«

Rita legt unvermittelt die Hände zusammen. »Ich habe so sehr gehofft, dass das passieren würde«, erklärt sie großmütig.

»Wie bitte?« Mum kann einen zynischen Unterton nicht vermeiden. Vermutlich erinnert sie sich daran, wie oft sie Rita gebeten hat, die Versöhnung zwischen Connor und Alan nicht ständig zu hintertreiben. Rita hat wirklich alles getan, um Connor gegen seinen Vater

aufzuhetzen.

»Du, äh …« Alans Blick springt nervös zwischen Rita und Mum hin und her. »Du hast kein Problem damit, Rita?«

»Natürlich nicht!«, behauptet Rita glücklich. »Es ist wunderschön, Geschwister zu haben.«

»Du sprichst zurzeit mit keinem unserer beiden Brüder«, erinnert Mum sie.

»Na, die haben sich ja auch über mich lustig gemacht und behauptet, ich würde nicht über

die Gabe

verfügen«, beschwert sich Rita. »Das ist etwas anderes. Außerdem war ich in Therapie. Und die Geister haben mir gesagt, dass die Zeit der Heilung gekommen ist.«

»Das … das sind tolle Neuigkeiten«, sagt Alan.

»Versteh mich nicht falsch«, betont Rita. »Ich war bis jetzt außer mir vor Wut. Ich dachte: Was bildet er sich ein, wegen seiner Midlife-Crisis einfach ein Baby zu zeugen?«

Mum räuspert sich, aber Rita fährt ungerührt fort: »Beim Gedanken an dich wurde mir übel.«

Mum räuspert sich noch lauter, damit Rita endlich den Mund hält.

Rita scheint es zu kapieren, denn sie sagt: »Wie auch immer, ich habe also eine Therapie gemacht und gelernt, mit der Situation umzugehen. Jetzt wird mir beim Gedanken an dich nicht mehr übel, sondern ich erkenne die Chance, mich in Dankbarkeit zu üben.«

»Ein beeindruckender Fortschritt, wenn man bedenkt, dass deine Therapeutin eine Politesse ist, die dir beim Schränkeaufräumen geholfen hat«, meint Stacey.

»Danke, Rita«, sagt Alan.

»Gern geschehen«, erwidert Rita. »Ich verspreche, dass ich auch zu deiner neuen Freundin Audrey freundlicher sein werde. Sie scheint eigentlich ganz nett zu sein. Und herzlichen Glückwunsch, Alan. Du hast … du hast wieder ein tolles Kind in die Welt gesetzt.«

Alan strahlt. Er und Rita umarmen sich ungeschickt, dann tätscheln sie sich peinlich berührt die Schultern, ehe sie sich hastig voneinander lösen.

Endlich klingt der Name Iriye nicht mehr so ironisch, denn das bedeutet Frieden und Harmonie. Die hat die Kleine nun in die Familie gebracht.

Wir planen gemeinsam Audreys baldigen Besuch im Café. Nachdem alle die Kleine noch einmal geknuddelt haben (auch Dad, der aus der Küche gekommen ist, weil wir ja bald schließen) und der Regen aufgehört hat, will sich Alan mit ihr auf den Weg machen.

»Oh, Alan, bevor du gehst«, sagt Mum, »nimm die hier als kleines Geschenk.« Sie reicht Alan wieder zwei Bohnendosen.

Alan zögert mit unglücklicher Miene, dann nimmt er die Dosen widerstrebend an. Als er geht, winken alle und Connor ruft ihm und Iriye »Tschüss« hinterher.

17. Kapitel

»Ich habe gerade erfahren, warum Rosie fehlt«, sagt Natasha im Klassenzimmer zu Skyla.

Die Vorbereitungen für die Modenschau laufen auf Hochtouren. Im Café meiner Eltern ist alles **bereit**. Skyla ist **bereit**. Unsere Mitschüler sind **bereit**. Das ist ganz schön aufregend.

Und gar nicht mehr lange hin.

»Sie hat Pfeiffersches Drüsenfieber.«

Wie **furchtbar**! Rosie sollte die Show moderieren und die Models und Designs ansagen. Die Modenschau ist in Gefahr!

»Oh **neiiiiiin**!«, ruft Skyla. »Ich meine, wie traurig für sie, klar, aber was soll ich jetzt *machen?* Sie sollte doch moderieren.«

»Und sie hat es so gut drauf«, pflichtet Natasha ihr bei. »Ich glaube, sie hat mit einer Rede sogar mal einen Preis gewonnen.«

»War der Preis nicht für ihr Engagement?«, fragt Aiysha. »Oder weil sie so gut Französisch spricht – oder so was in der Art?«

»Nein, es ging um eine Rede bei den Pfadfinderinnen.«

»Hey, genug davon«, fährt Skyla dazwischen.

»Du hast auf jeden Fall recht«, sagt Aiysha. »Rosie war ideal. Sie weiß viel und hat Selbstvertrauen. Sie ist eine Art junge Davina McCall.«

»Wer?«

»Eine Moderatorin, für die meine Mum schwärmt.«

»Wo bekommen wir jetzt Ersatz her?«, fragt Natasha. »Die meisten Mädchen, die ich kenne, wären gerne auf dem Laufsteg, fänden es aber viel zu peinlich, öffentlich zu reden. Und die meisten Jungs haben keinen Plan von Mode.«

»Ja, wo finden wir jemanden, der mutig ist, sich mit Mode auskennt, gerne öffentlich redet und dem nichts peinlich ist?«, überlegt Aiysha.

Ich habe das komische Gefühl, angestarrt zu werden.

»Nein«, höre ich Skyla sagen. (Ist ihnen klar, dass ich sie hören kann? Ich werfe einen Seitenblick auf Leila, die lachend den Kopf schüttelt.) »Sie hat ja überhaupt keine Ahnung von Mode.«

»Vielleicht spielt das keine Rolle«, meint Aiysha.

Wieder sehen alle in meine Richtung. Leila grinst mich an, als wollte sie sagen: *Glauben diese Idioten wirklich, dass wir sie nicht hören?*

»Vielleicht sollten wir tatsächlich jemanden nehmen, der zumindest drei der vier Bedingungen erfüllt?«, schlägt Natasha vor. »Du könntest die Modeinfos auf Moderationskarten schreiben.«

»Hope ist nie etwas peinlich«, sagt Aiysha. »Sonst hätte sie nicht so eine Frisur.«

Skyla gluckst. »Stimmt. Aber trotzdem. Sie passt überhaupt nicht.«

»Aber sie ist **witzig**«, sagt Natasha. »Hast du gehört, wie sie Aziz neulich veralbert hat? Und viele andere auch.«

»Na, so was brauchen wir ja wohl kaum für unsere Modenschau«, wehrt Skyla ab.

»Aber sie kann gut **improvisieren**«, findet Aiysha. »Das kommt bestimmt gut an.«

»Vielleicht könnten wir Leila fragen«, schlägt Skyla schließlich vor. »Sie hat auch **Selbstvertrauen**.«

»Leila hasst dich, Süße«, meint Natasha.

»Schau, es ist nicht mehr *deine* Modenschau, Skyla«, sagt Aiysha. »Wir haben alle viel zu hart dafür gearbeitet, als dass jetzt etwas dazwischenkommen dürfte. Sie findet im Café von Hopes Familie statt. Na komm. Gehen wir zu ihr rüber und fragen sie ganz **nett**. Einverstanden?«

Skyla seufzt ergeben und kurz darauf stehen die drei vor meinem Tisch.

Leila und ich sehen auf. »Hallo, ihr da«, sage ich launig.

»Lass das Getue, Hope«, murrt Skyla.

»*Nett!*«, erinnert Aiysha sie flüsternd.

»Ich weiß nicht, ob ihr es mitbekommen habt«, fängt Natasha an, »aber unsere tolle Rosie ist zu krank, um die Modenschau zu moderieren. Wir suchen händeringend jemanden, der für sie einspringt. Hat eine von euch Interesse?«

»Oh, sagtest du **händeringend**? Wie schmeichelhaft«, scherze ich. Leila lacht.

»Schau, es ist *dein* Café«, sagt Skyla müde. »Da ist es doch inzwischen sicher auch in deinem Interesse, dass die Modenschau stattfindet.«

Leila und ich wechseln einen Blick. »Ich finde, du solltest zumindest darüber nachdenken«, sagt sie zu mir. »Es könnte für dich eine gute Gelegenheit sein, deine **Schlagfertigkeit** unter Beweis zu stellen und dich als

Rampensau

zu üben.«

»Also **lustig** soll die Moderation eigentlich nicht sein«, gibt Skyla zu bedenken. »Eher ernst … oder zumindest …« Sie denkt nach.

»Leichte Unterhaltung mit einem gewissen Spaßfaktor?«, schlage ich vor.

»Schon«, lenkt Skyla ein. »Aber du darfst dich über niemanden **lustig machen**, dass das klar ist.«

»Okay, ich werde darüber nachdenken«, verspreche ich. Bei der Vorstellung bin ich plötzlich fast ein bisschen **aufgeregt**.

Hm, im Moment bin ich mir nicht mehr sicher, welche Einstellung ich zu Mode habe. Mir ist nach und nach klar geworden, dass es manchen Leuten wirklich wichtig ist, welche Schuhe sie tragen, ob ihre Haare schön sind oder wie ihre Jacke ihnen steht. Es scheint mir, als würde ich in letzter Zeit häufiger zu hören bekommen, meine Schuhe seien **unmodisch**. Bin mir aber nicht sicher.

Das finde ich blöd, weil ich es nicht nachvollziehen kann. Ich fühle mich als Außenseiterin. Wie eine Wissenschaftlerin, die das Verhalten ihrer Mitschüler beobachtet. Ich bin David Attenborough und sie sind Affen, die sich gegenseitig lausen.

Ich musste ja schon mal so tun, als wäre ich total *in*. Damals, für Leilas **ausgebufften Plan**, um Skylas Lügen aufzudecken und ihrem **Mobbing** ein Ende zu setzen. Aber da habe ich alles nur gespielt und es hat sich **seltsam** angefühlt.

Alles, was ich über Mode weiß, hat Leila mir beigebracht. Aber bei ihr und ihrer Mum wirkt das nie **abgehoben** oder **arrogant**.

Alle Frauen in Leilas Familie sind schick und legen Wert auf ihr Äußeres. Aber nicht auf eine eitle, fiese Art, auch wenn sie sich manchmal **Gemeinheiten** an den Kopf werfen.

Wenn Rana, eine von Leilas Tanten, Leilas Cousine Ava trifft, zieht sie immer einen Faden aus der Tasche. Dann jagt sie Ava durchs Haus und bettelt: »Bitte lass mich deine Augenbrauen zupfen! Du wirst viel besser aussehen.« Aber Ava möchte, dass man ihre Augenbrauen in Ruhe lässt.

Meist gibt Ava irgendwann auf und dann macht sich Tante Rana mit dem Faden zwischen den Fingern über

Avas Augenbrauen her. Sie benutzt den überkreuzten Faden wie eine Pinzette. Danach ist die Haut gerötet und Avas Augen tränen.

Aber davon mal abgesehen sind alle in Leilas Familie total glücklich darüber, gepflegt auszusehen.

Meine Mum ist das genaue Gegenteil. Sie sagt Sachen wie: »Am liebsten wäre mir ein Bürstenhaarschnitt. Einfach kurz drüberrasieren!« Oder: »Heute komme ich mal wieder nicht zum Haarewaschen, da muss das Trockenshampoo reichen.« Oder: »Ich habe keine Zeit, mir die Beine zu epilieren. Wer braucht diesen Quatsch überhaupt?«

In Leilas Familie hingegen regt sich darüber niemand auf. Sie scheinen sogar Freude daran zu haben.

Ich musste mich bisher nicht entscheiden, wie ich zu dem Thema stehe. Ist der Aufwand, den man in ein gepflegtes Erscheinungsbild investiert, lästig? Wird Frauen damit nur die Zeit gestohlen? Oder macht es Spaß und stärkt das Selbstwertgefühl?

Macht es mich zu einer Heuchlerin, wenn ich die Modenschau moderiere? Ich muss zwar nicht so tun, als sei ich eine Modeexpertin, aber ich weiß nicht, ob ich dabei authentisch bleiben kann.

Als ich nach Hause komme, scheint Stacey wieder an ihrer

Baked-Beans-Doku

zu arbeiten, gleichzeitig serviert sie. Sie hat die Kamera auf ein Stativ montiert und filmt sich beim Kellnern.

»Möchten Sie zu Ihrem Bohneneintopf etwas Bohnen-und-Oliven-Brot?«, fragt sie einen Gast.

»Ist das eine Kamera?«, fragt der zurück.

»Achten Sie nicht darauf. Sie nimmt mich auf, nicht Sie«, erklärt Stacey.

»Warum filmen Sie sich?«, will der Gast wissen.

»Ach, es geht darum, wie Menschen zu Bohnen stehen«, sagt Stacey. »**Mögen**, **hassen** oder **lieben** Sie sie? Oder sind sie Ihnen **egal**?«

»Hmmmm«, überlegt der Gast. »Sie sind **in Ordnung**. Manchmal mag ich sie, aber ich würde sie nicht ständig essen wollen. Ihr Bohneneintopf ist aber wirklich lecker. Sie haben gute Köche.«

»Danke«, sagt Stacey. »Kommt sofort.« Dann geht sie die Bestellung aufgeben.

Ich trete an die Theke. »Zwei Fragen. Wie läuft es mit der Bohnendoku? Und wie kommt es, dass Mum dem noch keinen Riegel vorgeschoben hat? Du kannst doch keine Gäste filmen. Wenn sie das mitbekommt, bringt sie dich um.«

»Erstens filme ich nicht die Gäste«, erwidert Stacey. »Zweitens holt Mum gerade einige Dosen aus deinem Zimmer, weil bald das Bohnenwettessen stattfindet. Und drittens läuft es nicht wirklich gut. Niemand hat eine ausgeprägte **Meinung** zu Bohnen.«

»Sind sie allen egal?«, mutmaße ich.

»Ja«, bestätigt Stacey. »So fehlen der Doku

Bohnen sind nicht mal schädlich. Sie sind sogar gesund, auch wenn Dosenbohnen in Tomatensoße als hochverarbeitete Lebensmittel gelten, die Zucker enthalten. Aber verglichen mit hochverarbeiteten Fleischprodukten sind sie harmlos.«

»Dann wird es also nichts mit *Moderate Size Me?*« Der Titel ist mir gerade eingefallen.

»Wahrscheinlich nicht.« Stacey seufzt und baut die Kamera ab. »Vielleicht kann ich mit den Aufnahmen trotzdem etwas anfangen. Werbung auf TikTok oder so. Wäre ja einen Versuch wert. Es kann nicht alles klappen.«

»Du bist nicht frustriert?«, frage ich. »Es ärgert dich nicht, dass dein Versuch gescheitert ist?«

»Ist das eine ernstgemeinte Frage?«

»J-ja, warum?« Ich verstehe ihre Reaktion nicht.

»*Meine Süße*«, sagt Stacey mit ihrer übertriebenen Schauspielerstimme, dann redet sie normal weiter. »Die Schauspielerei besteht zu 90 Prozent aus Absagen und Scheitern. Man muss ein dickes Fell haben, den Frust an sich abprallen lassen und einfach weitermachen. Es hilft, wenn man mehrere Eisen im Feuer hat.«

»Aber du hast dir so viel Mühe gegeben, das habe ich gesehen«, sage ich. »Ist das nicht eine Verschwendung von Zeit und Energie?«

»Nein, das ist es nie«, erwidert Stacey. »Es geht nicht darum, dass alles gelingt.

Aber man kann aus allem etwas lernen.

Tatsächlich **lernt** man sogar **mehr**, wenn etwas schiefgeht, als wenn alles immer klappt. Scheitern ist ein Geschenk. Wir wachsen daran. Glaub mir, es ist die Voraussetzung dafür, eine gute Schauspielerin zu werden.«

Ich lasse mir das durch den Kopf gehen.

»Wenn man nicht auf dem Abstellgleis landen möchte, muss man in dieser Branche verschiedene Ansätze verfolgen«, fährt Stacey fort. »Und woher will man wissen, ob einem etwas liegt, wenn man es nicht zumindest versucht? Versuch macht klug, nicht wahr. Ich bereue nichts. Wenn ich etwas nicht versuche, dann ist es *von vornherein* gescheitert.«

»**Wow**. Stacey, das … du hast wirklich recht.« Ich bin geradezu **sprachlos** über die **Weisheit** meiner Schwester.

»Na klar habe ich recht«, sagt Stacey. »In puncto Beharrlichkeit wurde ich an meiner Schauspielschule zur Zweitbesten gewählt.«

»Zur Zweitbesten? Klingt passend«, kommentiere ich.

»Ja, nicht wahr? Die Beste geht jetzt an die *Royal Academy of Dramatic Art* und tritt im West End auf.«

»Aber ich wette, sie hat nie eine halbfertige Doku über Bohnen gemacht«, scherze ich.

Stacey kichert. »Tja, echt ein **Jammer**. Aber das macht nichts. Es kann immer noch alles Mögliche passieren.«

»Stacey, du bist eine **Inspiration**«, sage ich und meine es ernst.

Stacey macht einen altmodischen Hofknicks, als würde sie eine ihrer Hauben tragen.

Sie hat mich wirklich inspiriert. Was macht es schon, wenn etwas schiefgeht? Dann habe ich dabei etwas gelernt. Je schlimmer ich scheitere, desto besser. Oder so.

Ja, das ist es. Ich werde öfter Ja sagen. Ja zum Leben. Ja dazu, mein neu entdecktes komisches Talent auszuprobieren. Ich werde

Ja

sagen und Skylas Modenschau moderieren.

18. Kapitel

Allmählich **freue** ich mich richtig auf die Modenschau. Irre, was? Ich kann es selbst kaum fassen. Auch Leila hat jetzt einen guten Vorwand, sich zu beteiligen, denn Skyla darf mich laut Vertrag nicht **mobben**, die Veranstaltung ist gut fürs Café **UND** ich habe die Gelegenheit, meine **neu entdeckte Leidenschaft** auszuprobieren. Leila hat viele tolle Ideen – *natürlich* geht es ihr nur um das Wohl des Cafés.

Ich glaube, auch meine Familie wird immer aufgeregter. Okay, Tante Rita hat eine ganze Bandbreite an Emotionen gezeigt. Zuerst war sie selbstgefällig, weil Mum Skyla »Mexikanische Spezialitäten« als kulinarisches Thema unterjubeln wollte. Dann war sie verzweifelt, weil ihre **Orakelbude** zum Umkleide- und Schminkraum für die Models umfunktioniert werden sollte.

Tante Rita fand es **gar nicht gut**, dass ihre Hellseherei vorübergehend pausieren muss, aber sie hatte auch Spaß daran, Modevorschläge einzubringen: Die Models sollten viele Schals tragen. Zum Glück hat ihre »Therapeutin« ihr geholfen. Angie hat ihr eins dieser Ausmalbücher für Erwachsene gegeben, die angeblich beruhigend wirken.

Und obendrein haben wir bereits 70 Prozent der Bohnen unter die Leute gebracht!

Endlich kommt der große Tag mit Skylas Benefiz-Modenschau im Café Crumble. Unser kleines Café sieht so

schick

aus wie nur möglich – erst gestern haben wir es geschafft, alle Winkel von Bohnendosen zu befreien.

Stacey hat »die Bühne« so gut wie möglich nach Skylas Vorgaben dekoriert. Ein Laufsteg (aus Kisten, die mit schwarzen Tüchern abgedeckt sind) zieht sich mitten durch den Raum, der voller Feenlichter hängt.

Stacey hat einen Spiegel im Umkleideraum aufgehängt (also in Ritas Orakelbude, die mal eine Abstellkammer war). Der Spiegel ist groß und rundum beleuchtet (und hängt normalerweise in Staceys Zimmer). Es ist ein richtiger Umkleidespiegel. Skyla und die anderen Mädchen sind echt beeindruckt.

Die Gäste (Kinder der siebten, achten und neunten Klassen unserer Schule, die Eintrittskarten gekauft haben) sitzen auf beiden Seiten des Laufstegs. Man kann zwar von einer Seite zur anderen gelangen, aber dazu muss man außenherum gehen. Also werden wir nur in den Pausen etwas servieren. Außerdem würde das während der Show zu viel Lärm und Ablenkung bedeuten.

Mein Platz ist auf der Kiste, die wir schon beim Poesie-Abend als Podium verwendet haben. Ich bin die

Zeremonienmeisterin

und habe damit die wichtigste Rolle. Plötzlich befürchte ich, mir könnte die Stimme **versagen**. Was dann? Aber nein, ich bin die **geborene** Entertainerin. Oder? Ich bin kein bisschen **nervös**. Na ja, ein wenig schon. Aber ich bin auf gute Art

aufgeregt.

Das wird bestimmt **Spaß** machen.

Und das tut es. Größtenteils. Ich lege gekonnt los, indem ich mich neben dem Laufsteg selbst vorstelle, damit alle **klatschen** und **jubeln**. »Bitte heißt eure Gastgeberin willkommen, Hope Crumble!«

Dann trete ich mit dem Mikro in der Hand einen Schritt vor und starre die Zuschauer an. Sie starren zurück, das Klatschen und Johlen hört auf. Immer noch starren wir uns an. Wenn mir jetzt wirklich die Stimme **versagt**? Das wäre entsetzlich. *Nicht daran denken.* Ich fühle mich wie beim ersten Anzünden des **Bunsenbrenners**. Ich hatte Angst, er könnte

explodieren,

aber alles hat geklappt. Niemand wurde verletzt.

»Willkommen!«, sage ich und steige aufs Podium. »Das war ich eben selbst, die sich euch von da drüben vorgestellt hat«, verrate ich.

Sie kichern. Alles wird klappen. Ich bin ein **Bunsenbrenner** mit gleichmäßiger Flamme.

»Ich bin Hope Crumble, eure Gastgeberin bei dieser großartigen, von Skyla organisierten Veranstaltung.« Aufmunternde Rufe aus dem Publikum. »Ja, ein fetter Applaus für Skyla!«, sage ich. Ich kann professionell sein und ihr schmeicheln. Kräftiger Beifall. »Am Ende werde ich allen Beteiligten danken«, füge ich hinzu. »Denn eine Menge Leute haben hart gearbeitet, um eine tolle Show für euch auf die Beine zu stellen.« Jubel und Beifall. Das Publikum ist so richtig angeheizt. Großartig!

Ich lasse ein paar Infos über das Café folgen. Skyla hat mir zwar Moderationskarten geschrieben, aber auf der ersten steht nur »Heiße alle willkommen«, was nicht ausreicht, um das Publikum in Stimmung zu bringen. Man muss schon das Eis brechen.

»Wer war noch nie im Café Crumble?«, frage ich. Einige wenige Rufe aus dem Publikum.

»Und wer war schon mal hier?«, frage ich. Diesmal gibt es lautere, enthusiastischere Rufe. Dann wird gekichert.

»Ja, man merkt den feinen Unterschied«, kommentiere ich. »Die Leute, die schon mal hier waren, klingen irgendwie glücklicher.« Erneutes Kichern. »Ihr werdet bestimmt gerne wiederkommen«, fahre ich fort. »Bei uns gibt es die besten Backwaren in dieser Gegend von Warwick. Und heute Abend eine fantastische Modenschau. Gleich geht's los. Seid ihr bereit?«

Das Publikum johlt leise.

»Ich sagte, seid ihr bereit?«, wiederhole ich lauter.

Sie johlen entsprechend lauter.

»Das wollte ich hören. Gut so. Und jetzt Bühne frei für unsere Models!«

Stacey dimmt das Licht im Raum und schaltet einen Projektor an, der Sterne über die Wände und die Decke tanzen lässt (er diente mir früher mal als Nachtlicht). Er erzeugt zwar keinen richtigen Stroboskopeffekt, aber es ist immerhin etwas. Einige Zuschauer sagen: »Uuuuuuh.«

»Musik«, rufe ich.

Stacey dreht rhythmische Musik auf. (Techno? Europop? Sie hat auf jeden Fall einen guten Beat.)

»Und jetzt geht es los!«, verkünde ich.

Nun halte ich mich an die Moderationskarten. »Unser erstes Model ist Casey Morris.« Das Publikum johlt, als Casey den Laufsteg betritt. »Casey trägt einen knielangen rosa Rock mit passender Jacke über einem schwarzen Rüschentop. Die Rocklänge ist klassisch modern und aktuell sehr angesagt. Der Rock hat eine hoch angesetzte Taille, was Caseys Beine länger wirken lässt. Der Gesamteindruck ist elegant und betont die Proportionen.«

Als Casey das Ende des Laufstegs erreicht, schiebt sie die Jacke über den Hüften nach oben und legt die Hände in die Taille, um lässig zu posieren.

Jubelrufe

aus dem Publikum. Dann streift sie die Jacke ab und schwenkt sie herum. Das Publikum rastet aus, Casey lacht. Sie wirft die Jacke über die Schulter und posiert mit einer

Hand an der Hüfte. Das Publikum kann sich daran gar nicht sattsehen. Entweder sind alle von dem Outfit begeistert oder Casey ist sehr beliebt.

Die Stimmung ist großartig, aber ist das wirklich das richtige Publikum für mich, wenn es das hier unterhaltsam findet?

Außerdem hat Skyla nicht auf die Karten geschrieben, was ich während der Walks sagen soll. Wie überbrücke ich diese Zeit? Ist es seltsam, dass ich einfach schweige? Und muss ich Casey einen Wink geben, wenn sie den Laufsteg verlassen soll?

Casey posiert immer noch, also improvisiere ich. »Und jetzt zeigt uns Casey, was man alles mit einer Jacke machen kann. Sehr aufschlussreich.« Es wird ein wenig gelacht. Ich erhasche Leilas Blick. Sie grinst und zeigt mir den hochgereckten Daumen. Casey dreht sich um und stolziert zurück.

»Ein fetter Applaus für Casey!«, sage ich.

Es wird laut geklatscht.

Ich halte mich weiter an Skylas Karten und beschreibe die modischen Aspekte der Outfits.

Ein Mädchen namens Sophie (nicht meine Freundin aus dem Erdkundeunterricht, eine andere Sophie) macht eine Pose, bei der sie einen Fuß nach hinten stellt und eine Hand an die Hüfte legt. Ich soll sagen: »Das ist eine ausgesprochen fotogene Pose, die sich jeder für Insta merken kann.« Ich sage es, finde es aber nicht gut.

Jetzt betritt Skyla in einem langen, schwarzen, paillettenbesetzten Kleid den Laufsteg. Auf meiner Karte steht dazu: »Ich weiß, was ihr denkt, aber das ist kein Ballkleid!« Daraufhin kichern einige tatsächlich. »Nein«, fahre ich fort. »Es ist ein wunderschönes, bodenlanges Bodycon-Kleid. Mit Pailletten besetzt der ideale Look, wenn man auf Partys oder in seinem Jugendclub Eindruck machen möchte.«

Skyla erreicht das Ende des Laufstegs und beginnt zu posieren.

»In diesem figurbetonten Kleid sieht Skyla großartig aus.« Jubelrufe aus dem Publikum. »Und da dieses wunderbare Stück aus dehnbarem Stoff ist, könnte selbst jemand wie ich, *Hope*, gut darin aussehen«, lese ich vor, ehe ich merke, was Skyla mir da untergejubelt hat. Es wird leise gekichert. Vermutlich kam es an wie ein selbstironischer Witz.

Skyla dreht sich grinsend um sich selbst und erntet weiteren Applaus. Der Seitenhieb auf mich war völlig unnötig.

Ich kann echt nicht glauben, dass Skyla das geschrieben hat. Ich traue es ihr zu, aber hey, ich hätte mir die Karten vorher durchlesen sollen. Wir hatten zwar eine kurze Probe, aber nur mit den ersten Outfits.

»Wir können nicht alle so schön sein wie Skyla«, lese ich weiter ab. »Aber es ist gut, ein Vorbild zu haben, dem man nacheifern kann.«

Weitere Jubelrufe und Anfeuerungen für Skyla.

»Wow«, improvisiere ich leicht sarkastisch. »Wie schön

für Skyla, dass sie diesen Text selbst verfassen konnte.« Damit ernte ich mehr Gelächter als erwartet.

Könnte es sein, dass im Publikum nicht nur eingefleischte Fans von Skyla sitzen, die alles an ihr gut finden, besonders ihren Modegeschmack?

Skyla wirft mir einen **finsteren** Blick zu, dann **strahlt** sie ins Publikum, dreht sich um und stolziert den Laufsteg zurück.

Das nächste Partykleid ist weniger ausgefallen. Es ist rot, Natasha führt es vor, und ich lese von der Karte ab, dass es nachhaltig hergestellt wurde.

Als Nächste ist Aiysha dran. Sie trägt eine Bluse, die aussieht wie aus Jeansstoff, aber aus etwas anderem besteht. Ich lese: »Ihr haltet das vielleicht für Denim, aber es handelt sich in Wirklichkeit um Baumwolle, die mit blauen Kett- und weißen Schussfäden in Leinwandbindung gewebt wurde. Der Name? Cham … äh … Chambray?«

Es wird leise gekichert.

»Habe ich es falsch ausgesprochen?«, frage ich.

»Ja«, ruft jemand.

»Und wie heißt es richtig?«

»*Schamm*-bree«, lautet die Antwort. »*Sch*ammbree. Nicht Chhhh.«

»Aha!«, sage ich. »Danke. Jetzt wisst ihr es. *Sch Sch Sch Sch Sch*ammbree.« Mein Publikum kichert. »Ich war so alt wie heute, als ich gelernt habe, wie man Chambray ausspricht.« Sie lachen.

Ich muss sagen, es **gefällt mir** wirklich, die Leute zum

Lachen zu bringen. Ich finde, dass ich den peinlichen Moment zu meinen Gunsten genutzt habe.

Also improvisiere ich weiter. »Es heißt, dass man sich nie dafür schämen sollte, ein Wort falsch auszusprechen. Schließlich bedeutet es, dass man es *gelesen* hat.« Ich mache eine kurze Pause. »Und da zählt auch die Moderationskarte einer Modenschau.« Gekicher.

»Jedenfalls«, fahre ich fort, »sieht dieses schwer auszusprechende Gewebe, das sich für Denim hält«, mehr Gelächter, »an Aiysha richtig gut aus. Chambray ist leichter als Denim und wird anders gewoben. Tja, ist das nicht toll«, improvisiere ich wieder. »Es gibt Leute, die denken, Mode sei oberflächlich und würde von **fiesen Mädchen** dazu missbraucht, Leute zu **mobben**, die sich keine schicken Schuhe leisten können. Aber jetzt haben wir hier tatsächlich alle etwas über Stoffherstellung gelernt. **Dank** der Mode!«

Mein Publikum lacht. Ich sehe mich um. Ja, es gibt tatsächlich Leute, die gar nicht so **wild** auf Mode sind und mich jetzt anlächeln. Leila zeigt mir erneut den hochgereckten Daumen. Ha. Ich bin **witzig**. Ich **liebe** das. Vielleicht ist ein Teil des Publikums wirklich auf meiner Seite.

Ich beschließe, mich nicht mehr strikt an die Karten zu halten, sondern meine eigene Meinung zu den Outfits einfließen zu lassen. Erst ganz zurückhaltend. Als Casey wieder erscheint, trägt sie eine gestreifte Schlabberhose und eine weiße Seidenbluse. Ich lese vor, dass es sich um »Pariser Chic« handelt, doch dann sage ich: »Und wenn du keine Lust mehr hast, in diesem Outfit durch Paris zu schlendern, kannst du damit jederzeit eine Clownschule besuchen. So vielseitig ist es.«

Erschrockenes Raunen,

dann

lautes Lachen.

Sie **lieben** mich!

Das nächste Model trägt eine Kombination aus einer Schlabberhose und einer Bluse mit Katzenaufdruck. Das inspiriert mich zu der Bemerkung: »Oh, das ist doch tatsächlich ein Katzenschlafanzug.« Noch mehr erschrockenes Lachen.

Ich achte darauf, die Models nicht zu beleidigen, und sorge dafür, dass sie bejubelt werden.

Dann kommt Skyla wieder heraus. Diesmal trägt sie ein Neckholder-Kleid und einen

riesigen Hut.

Sie bekommt eine **Menge Zuspruch**. Ich glaube, dass vor allem der Hut gut ankommt. Diesmal ignoriere ich die Moderationskarte komplett und denke: *Sie hat mich schon einmal beleidigt. Jetzt mache ich mein eigenes Ding.*

»Das ist ein echt gelungenes Outfit«, sage ich. »Es war eine große Herausforderung, Skylas Dickschädel **kleiner** aussehen zu lassen, aber der Hut hat das Problem gelöst.« Gelächter. »So einen trägt man, wenn man sich im Kino Feinde machen möchte. Niemand wird hinter euch sitzen wollen. Aber für Skyla macht das keinen Unterschied, denn sie schafft sich sowieso überall Feinde.«

Skyla versucht weiterhin zu posieren, aber sie sieht immer unbehaglicher drein.

»Der Look ist kühn und mutig«, fahre ich fort. »Er scheint zu sagen:

Ich verrate dir, dass ich eine aufmerksamkeitsheischende Drama Queen bin, ohne zu sagen, dass ich eine aufmerksamkeitsheischende Drama Queen bin.

Mit diesem Hut könnte man jemanden verletzen und verklagt werden. Ein fetter Applaus für Skyla! Was ihr an Selbsterkenntnis fehlt, macht sie mit ihrem Ego wett.«

Diesmal bin ich vielleicht zu weit gegangen. Es wird weniger gelacht, auch wenn Leila sich bestens amüsiert und mir einen »Das war exquisit«-Luftkuss zuwirft.

Ich schiele zu Mum hinüber. Sie sieht nicht amüsiert aus, eher ausgesprochen wütend. Sie macht eine Time-out-Geste in meine Richtung.

»Okay, Leute«, sage ich. »Damit endet der erste Teil. Wir machen jetzt eine kleine Pause, damit diese heißen Models sich erholen können. Ihr könnt euch inzwischen ein paar Erfrischungen gönnen, die Bohnenscones probieren, euch die Beine vertreten oder die Blase leeren.« Gelächter. »In fünfzehn Minuten geht es weiter.«

Die Musik verstummt, die Lichter im Raum gehen wieder an und der Sternenhimmel-Projektor wird abgeschaltet. Ich gehe zu Mum.

»Was in aller Welt **tust** du da?«, will sie wissen.

»Genau das wollte ich auch gerade fragen!«, sagt Skyla, die plötzlich aufgetaucht ist.

»Ich improvisiere«, erwidere ich.

»Du kannst doch nicht solche Sachen sagen«, beschwert sich Mum. »Damit veränderst du die ganze Stimmung.«

»Ja, genau«, pflichtet Skyla ihr bei. »Hope, wir haben doch vereinbart, dass du dich **über niemanden lustig machst**.«

»Tja, aber du hattest kein Problem damit, dich über **mich** lustig zu machen«, lasse ich Skyla wissen. »Du hast mich diese Karte vorlesen lassen.« Ich verstelle die Stimme. »Oh, ich bin Hope. Ich bin so unelegant. Wenn ich doch nur so **schön** und **großartig** wäre wie Skyla.«

»Ach.« Skyla hält kurz inne. »Das war doch nur ein kleiner **Spaß**.«

»Das war es bei mir **auch**«, sage ich.

»Also schön«, mischt sich Stacey ein. »Ich habe seit Jahren Erfahrung im Showbiz.« (**Oh nein**, jetzt legt sie los.) Mum und ich verdrehen gleichzeitig die Augen. »Und die Sache ist die, Hope«, fährt Stacey fort. »Du warst mit dem Projekt einverstanden, also musst du es jetzt so **professio-**

nell wie möglich durchziehen. Nicht dass es eskaliert und mit einer Ohrfeige endet wie bei der Oscarverleihung.«

»Wer wäre ich dann? Chris Rock oder Will Smith?«, frage ich. Typisch für Stacey, unser winziges Café mit der Oscarverleihung zu vergleichen.

Stacey ignoriert meine Bemerkung. »Professionell«, wiederholt sie. »Selbst wenn die Show ein Debakel ist, halten wir durch.«

»Danke«, sagt Skyla zu Stacey. Das klingt gerade so, als würde sie sich bei Stacey dafür bedanken, dass die ihre Modenschau als Debakel bezeichnet – in der Theaterwelt eine deftige Beleidigung!

»*Du* musst ebenfalls professioneller sein«, sagt Stacey zu ihr. »Du führst dich auf wie eine

Diva.«

»Danke«, sagt Skyla erneut.

»Nein«, widerspricht Stacey. »Divenhaftes Getue ist nur angebracht, wenn man so berühmt ist, dass man sich einen Privatjet leisten kann. Und selbst dann finden alle es abscheulich. Du bist viel zu unbedeutend für so ein Verhalten. Man wird dich als unfähig zur Zusammenarbeit einstufen und auf die

Blacklist

setzen.«

Beim Wort Blacklist reißt Skyla vor Schreck die Augen auf. Die Vorstellung bereitet ihr sichtlich Unbehagen.

Sie sieht sogar so aus, als würde sie gleich zu weinen anfangen. Ihr Blick geht zur Tür und wandert dann durch den Raum. Warum kümmert es sie überhaupt, welche Meinung Stacey von ihr hat? Und nach wem hält sie Ausschau?

»Und glaub mir«, fährt Stacey fort, »von so einem schlechten Ruf erholt man sich nicht mehr. Unser Ruf ist in dieser Branche alles, was wir haben, und Neuigkeiten verbreiten sich rasend schnell. Selbst das Geld deiner Mum kann dich dann nicht mehr retten.«

»Ja, das weiß ich doch«, knurrt Skyla.

»Wo ist deine Mutter überhaupt?«, fragt Mum. »Ich dachte, sie wollte kommen.«

»Äh, ja, sie sagte, sie würde versuchen, es einzurichten«, sagt Skyla.

Ach so, sie hält nach ihrer Mutter Ausschau. Hm, das ist irgendwie traurig. Skylas Mutter macht sich nicht mal die Mühe, eine Veranstaltung zu besuchen, die sie finanziert hat und in die ihre Tochter ihr ganzes

Herzblut

gesteckt hat.

Oh nein, jetzt tut mir Skyla doch tatsächlich ein bisschen leid. Das ist lächerlich. Bah! So ein albernes Klischee. *Kein Mitleid mit dem armen reichen Mädchen, Hope*, schärfe ich mir ein. Pffff. Diese Geschichte hat sooo einen Bart. *Ich* bin es, die wirklich **reich** ist, weil ich **geliebt** werde, und darum fühle ich mich dazu verpflichtet, zu der **emotional vernachlässigten Zicke**, die mich **gemobbt** hat, nett zu sein. Ohne mich.

»Schön, dann einigen wir uns also darauf, uns gegenseitig zu unterstützen«, sagt Stacey. »Sonst stehen wir alle in einem **schlechten Licht** da. Wenn ihr euch bekämpft und mit eurer Niedertracht die völlig **falsche** Art von Dramatik erzeugt, dann **fliegt** ihr am Ende alle **raus**. Hinter euch warten schon hundert andere, die euch ersetzen können.«

»In Ordnung, Stacey, wir haben es verstanden«, sage ich.

»Ja. Tut mir leid, was ich auf die **Karte** geschrieben habe, Hope«, entschuldigt sich Skyla.

»Tut mir leid, dass ich die ganzen Beleidigungen aus dem Ärmel geschüttelt habe«, erwidere ich.

»Und es tut mir auch leid, dass ich auf andere Karten noch **fiesere** Dinge geschrieben habe«, gesteht Skyla.

»Okay«, sage ich. »Ich werde nichts mehr vorlesen, womit ich mich selbst beleidige. Ich werde nur noch Sachen improvisieren, die sich nicht so … äh … **gegen Mode** richten. Ich werde mich also mehr an die Infos auf den Karten halten – jedenfalls wenn es keine Beleidigungen sind.«

»Einverstanden«, sagt Skyla. Wir schütteln uns die Hand. (**Wie seltsam ist das denn!**)

Die Show geht sehr viel ausgeglichener weiter. Ich lese keine gegen mich gerichteten Beleidigungen mehr vor. Ich beschreibe »kleine Schwarze« und Glitzertops in all ihrem

Glanz und Gloria. Die Modenschau ist nicht mehr in Gefahr, in eine witzige Frotzelei auszuarten.

Alles in allem ist die

Operation: Modenschau meiner Erzfeindin

ein voller

Erfolg.

Die Moderation ist am Anfang und am Ende gut gelungen (mit einem kleinen Ausrutscher ins Komische in der Mitte). Das Café verdient Geld und bringt weitere Bohnengerichte unter die Leute. Und Skyla darf sich ihrer Mode erfreuen. Schließlich konnte sie bei der Schul-Talentshow nicht punkten. Den respektablen dritten Platz hat ihr Dylan mit ihrem Pfeifen weggeschnappt.

Beim Aufräumen am Ende des Abends geht mir durch den Kopf, dass ich herausgefunden habe, was meine Berufung und Leidenschaft ist. Da stellt sich keine Frage mehr.

»Was in aller Welt ist denn ein Bubble Tea, den die jungen Leute ständig bestellen wollen?«, fragt Mum. Ah ja, mit Ausnahme dieser Frage.

24. Kapitel

»Auf die Plätze, fertig, los! Ran an die Bohnen!«

Das sagenhafte Bohnenwettessen findet endlich statt.

Wir waren alle etwas unentschlossen, aber schließlich war Stacey das Zünglein an der Waage. Sie meinte, wenn wir es nicht machen, dann »lassen wir uns einen saftigen Profit entgehen«. Connor fand das so geschäftstüchtig, dass er die Phrase jetzt selbst ständig verwendet.

Ich sitze im Publikum neben Connor, der neben seinem Vater sitzt, der neben seiner Freundin Audrey sitzt, die Iriye hält.

Wir beobachten, wie sich die sechs Kontrahenten Baked Beans aus den **großen** Schüsseln vor sich **reinschaufeln**.

Dad steht mit einer Stoppuhr seitlich daneben. Wir haben beschlossen, ein Zeitlimit zu setzen. Falls mehr als eine Person es schafft, ihre Schüssel leer zu essen, gibt es eine zweite Runde. Aber ich hoffe ehrlich gesagt, dass es keiner schafft, denn der Anblick ist echt **abstoßend**.

Vier Männer und zwei Frauen nehmen teil. Die Frauen sind junge Rucksacktouristinnen aus Australien auf der Durchreise, die es spaßig finden mitzumachen. Einer der Männer ist jung, die drei anderen sind mittleren Alters und scheinen das Wettessen sehr

ernst

zu nehmen.

Ein paar der Wettesser haben zur moralischen Unterstützung Freunde mitgebracht, darum sind immer wieder Namen und Anfeuerungsrufe zu hören. Es geht hoch her, aber alles bleibt im Rahmen.

Das Tempo,

mit dem die Wettesser die Bohnen runterschlingen, ist irrwitzig. Wie gut, dass wir allen Lätzchen umgebunden haben. Tomatensoße läuft ihnen das Kinn hinunter, während sie sich über die Schüsseln beugen. Es ist eklig.

»Das war alles meine Idee«, sagt Connor stolz zu seinem Vater. »Ich habe das arrangiert.«

Das stimmt. Connor hat die Männer mittleren Alters dazu gebracht, sich mit Tomatensoße zu bekleckern.

»Es ist … wundervoll«, sagt Onkel Alan.

»Ich habe gesagt, wenn ihr es nicht macht, lasst ihr euch einen saftigen Profit entgehen«, erklärt Connor.

Ich mache mir nicht die Mühe, darauf hinzuweisen, dass

dieser Satz eigentlich von Stacey stammt. Soll er sich doch in seinem Ruhm sonnen. Außerdem überlege ich gerade, was Audrey wohl davon halten muss. Es ist das erste Mal, dass sie unser Café besucht, und dann zu so einem Anlass. Sie muss uns alle für komplett

verrückt

halten.

Schließlich wird einer der Männer mittleren Alters zum Sieger erklärt. Die Zweite – eine der Australierinnen – und der Drittplatzierte – der junge Mann – bekommen jeweils eine Dose Bohnen überreicht. Der Gewinner erhält eine Schachtel mit Margerys **Caroons** und ein **Gratisessen** für zwei im Café.

»Wie schade, dass du nicht gewonnen hast«, höre ich jemanden zu der zweitplatzierten Australierin sagen.

Doch sie wirkt **glücklich**, als sie sich mit einer Serviette die Tomatensoße vom Kinn wischt. »Aber das ist doch eine coole Story, die ich posten kann.« Sie posiert auf dem improvisierten Podium und hält die Bohnendose hoch. Ihre Freunde machen jede Menge Fotos.

Alle scheinen **hochzufrieden** zu sein. Wer hätte gedacht, dass etwas so **Widerliches** so viel **Spaß** machen kann? Na ja, Connor, schätze ich.

Nachdem wir das Café geschlossen und alles aufgeräumt haben, halten wir eine kleine Familienzusammenkunft ab, um Baby Iriye

offiziell willkommen

zu heißen und Audrey ein bisschen besser kennenzulernen.

Audrey hat jamaikanische Kokosschnitten mitgebracht. Sie sind komplett bohnenfrei und schmecken köstlich.

»Wie schön, euch alle kennenzulernen.« Audrey schüttelt erst Oma, dann Mum die Hand. »Alan schwärmt so von euch.«

»Das will ich hoffen«, sagt Tante Rita naserümpfend, dann scheint sie sich daran zu erinnern, dass sie nett sein möchte, und fügt etwas höflicher hinzu: »Schön, dich wiederzusehen, Audrey.«

Es klopft an der Eingangstür. »Hallööööli!« Angie winkt durch das Fenster.

»Oh, toll, Angie ist da.« Rita sprintet zur Tür, um ihre Freundin hereinzulassen.

»Oh nein, nicht schon wieder diese Angie«, murmelt Mum.

»Ich kenne sie von irgendwoher«, sagt Alan.

»Hast du in letzter Zeit ein Knöllchen bekommen?«

Er verneint.

»Oh nein, du warst doch nicht etwa in ihrem Schlammwrestling-Verein?«

Alan schüttelt kichernd den Kopf. »Ach, jetzt fällt es mir

wieder ein. Sie kam in die Werkstatt und wollte an ihrem Auto Spikes anbringen lassen, um Fahrradfahrer fernzuhalten. Ich habe ihr gesagt, dass das nicht geht.«

»**Ach du Schande!**«, entfährt es mir.

»Du solltest es machen«, findet Connor. »Sonst lässt du dir einen saftigen Profit entgehen.«

»Ich denke, dass dein Vater als Mechatroniker mehr von Sicherheit im Straßenverkehr versteht als du«, lasse ich ihn wissen.

»Alan, Audrey.« Rita kommt mit Angie herüber. »Das ist meine Freundin Angie. Sie ist **Life Coach**«, fügt sie wichtigtuerisch hinzu.

»Na so was, ich auch!«, sagt Audrey.

»Wirklich?« Angie klingt **verärgert**.

»Ja. Schön, Sie kennenzulernen.« Audrey reicht ihr die Hand und Angie schüttelt sie widerwillig. »Haben Sie auch den dreijährigen Kurs gemacht?«, fragt Audrey.

»Den *was?*«, entgegnet Angie.

»Welchen Kurs haben Sie belegt?«, will Audrey wissen. »Meiner war an der Coaching Academy.«

»Oh, ich habe einen belegt, der ein *klein wenig* **professioneller** war«, sagt Angie hochnäsig.

»Wirklich? Die Coaching Academy ist sehr gut«, meint Audrey.

»Schon, aber ich brauchte etwas, das eine größere **Herausforderung** darstellt«, entgegnet Angie.

»Eine noch größere Herausforderung als ein Diplom?«, fragt Audrey.

»Ich brauche kein Diplom, das festlegt, wie ich als *Coach* arbeite«, behauptet Angie selbstgefällig.

»Doch, das braucht man durchaus.« Audrey wirkt beunruhigt. »Ich habe ein Stufe-2-Diplom und eine Zulassung durch die AC und die ICF. Das sind die Association for Coaching und das International –«

»Ja, ich weiß, wofür die Abkürzungen stehen«, fällt Angie ihr ins Wort.

»Coaching Federation«, beendet Audrey ihren Satz trotzdem mit deutlichem Missfallen darüber, dass sie unterbrochen wurde. »Dann haben Sie also gar keine offizielle Qualifikation?«

Ich bin sicher, dass Angies Qualifikation aus einem Internetfragebogen der Art »Welche Sorte Abzocker sind Sie?« besteht und dass bei ihr herauskam: »Life Coach.«

»Meine Qualifikation geht Sie nichts an«, sagt Angie.

»Sie sollten sich nicht Life Coach nennen, wenn Sie gar keiner sind«, findet Audrey. »Sie könnten traumatisierten Menschen ernsthaft schaden.«

Ich sehe zu Tante Rita.

»Also, rein hypothetisch gefragt«, sagt Angie, »wenn jemand zu Ihnen kommt und wissen will, wie er Rotweinflecken aus einem weißen Sofa bekommt, was antworten Sie dann?«

»Dass ich es nicht weiß«, sagt Audrey.

»Aha, dann wissen Sie also doch nicht *alles* über Life Coaching«, meint Angie selbstgefällig. Und dann geht sie.

Ich fühle mich, als hätte ich gerade dabei zugesehen, wie

jemand mit einem Erste-Hilfe-Kurs einen gestandenen Arzt auszutricksen versucht.

»Könnte es sein, dass Angie auf ihrem Sofa Rotwein verschüttet hat?«, frage ich, woraufhin Alan lacht.

Mum kommt zu uns. »Alan, Audrey, ich habe etwas für euch.«

»Bitte nicht noch mehr **Dosenbohnen**«, fleht Alan.

Aber Mum hat für das Baby endlich ein richtiges Geschenk besorgt: einen orangenen Strampelanzug.

»Wow, der hat tatsächlich die Farbe von Baked Beans«, werfe ich ein.

»Er ist **wunderbar**, danke«, sagt Audrey.

»Falls er euch nicht gefällt, kann ich ihn umtauschen«, bietet Mum an.

»Nein, er ist toll«, versichert Audrey.

»Lasst euch den Kassenzettel geben«, rät Connor. »Sonst lasst ihr euch einen saftigen –«

»Connor, kannst du endlich damit aufhören«, unterbreche ich ihn.

»Bitte kein Streit«, fleht Mum. »Was sage ich immer?«

»Wenn noch jemand behauptet, dass ich müde aussehe, schreie ich«, schlage ich vor.

»Nein«, sagt Mum.

»Iss keinen gelben Schnee«, bietet Onkel Alan **grinsend** an.

»Ha, der war gut«, kommt es von Stacey, die sich zu uns gesellt hat.

»Die Familie steht fast immer an erster Stelle. Vorläufig.«

»Eine Schande, dass uns bisher kein besseres Motto eingefallen ist«, findet Connor.

Stacey pflichtet ihm bei.

»Ich möchte auch etwas sagen«, ruft Dad so laut, dass alle ihm zuhören. »Und zwar möchte ich euch allen danken, dass ihr an einem Strang gezogen habt, um die Bohnen unter die Leute zu bringen. Wir haben noch ein paar Dosen, aber 82 Prozent sind bereits verbraucht, und damit haben wir

genug Geld, um die kaputte Leitung reparieren zu lassen. Glückwunsch!«

Wir jubeln.

»Außerdem«, fährt er fort, »möchte ich Iriye und Audrey in der Familie willkommen heißen.«

Wir jubeln erneut.

»Schön«, sagt Dad.

»Und jetzt lassen wir eine Party steigen!«

Stacey dimmt das Licht. Dad hat endlich herausgefunden, wie er sein Handy mit der Musikanlage verbinden kann. Er spielt *Karma Chameleon* von Culture Club.

»Ein guter Oldie«, findet Alan.

Alle beginnen zu **tanzen**, Audrey wiegt Iriye leicht hin und her. Es ist toll, dass wir alle wieder vereint sind.

Ich **liebe** es. Ich bin Hope Crumble, eine nicht mehr unterschätzte, gern gesehene Zauberkünstlerin, Komikerin und Wortakrobatin. Ich habe meine Leidenschaft und meine Berufung gefunden, und meine Familie ist wieder glücklich.

Ich sehe allen lächelnd beim Tanzen zu, dann mache ich mit. Was sage *ich* immer? Meine Familie mag ein bisschen

chaotisch

sein, aber ich habe sie echt gern. Oh, jetzt habe ich das zweimal gesagt. Doch es stimmt. Ja, es stimmt.

Letzte Seite? Neues Lesefutter:

Band 1

Hurra, Schulwechsel!
Hope kann es kaum erwarten in die weiterführende Schule zu kommen, denn dann ist sie endlich ihre Erzfeindin Skyla los. Doch weder in der Schule noch im familiengeführten Café läuft es für Hope nach Plan: Tante Rita bringt mit ihren esoterischen Ideen zu Hause alles durcheinander und Skyla ist leider nicht so leicht abzuschütteln wie gedacht.

Hope weiß: Wenn sie nicht im Chaos untergehen will, muss sie die Dinge selbst in die Hand nehmen – sogar wenn das bedeutet, in einem Eiswaffel-Kostüm vor der Schule zu tanzen …

Du möchtest noch mehr von uns kennenlernen?